Sommario

Giuro che ci Incontreremo

Annie Moon

" L'amore è come un falò, se vuoi che duri devi alimentarlo." **Proverbio indù.**

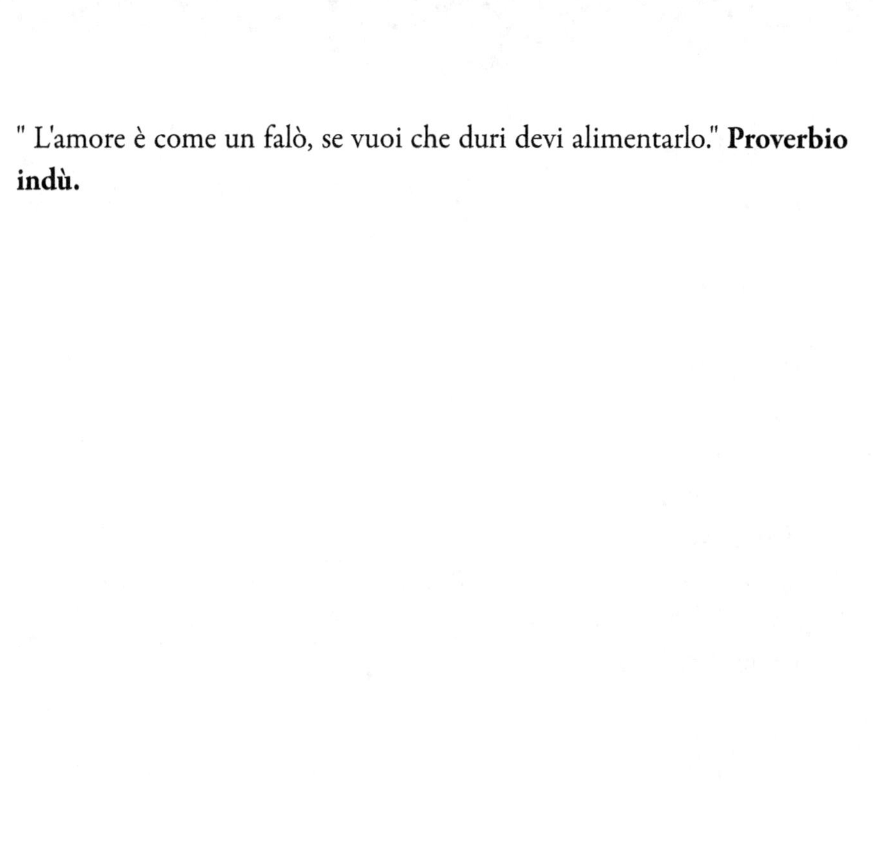

" L'amore è come un falò, se vuoi che duri devi alimentarlo." **Proverbio indù.**

Indice _

Prologo __

L'amore a volte cambia tutto il nostro universo. A volte crediamo di poter fuggire dalle sue grinfie e, come ha creduto Susy Evans, alla fine ha amato ma pagato un prezzo alto.

"Giuro che ci incontreremo" è un romanzo diverso con un finale inaspettato, che ti insegnerà che il vero amore può essere nel posto meno pensato. Un romanzo avvincente che non riuscirai a smettere di leggere e in cui le lacrime, sicuramente, sgorgano in qualsiasi momento.

1

S

Usy Evans, una ragazza normale, stava correndo attraverso la foresta di Printehan Texas con sua madre e due fratelli, stavano correndo per salvarsi la vita...

Il fatto è che la civiltà umana era crollata settimane prima, quando esseri intelligenti provenienti da altri mondi erano riusciti a seminare il terrore sul pianeta. La maggior parte delle nazioni aveva cessato di esistere e prevalevano solo il caos e la distruzione. Gli unici sopravvissuti erano riusciti a passare inosservati nel bosco lontano dalla vista di quegli esseri dalla morfologia umana. Se non fosse per il fatto che discendevano da queste strane navi, non si direbbe che fossero ostili.

Susy Evans e la sua famiglia continuarono a lungo ad accovacciarsi sotto un alto fogliame, in attesa che quelle entità se ne andassero. Il terrore li prendeva ogni secondo che vedevano le ombre in movimento come in un gioco di avvicinamento e allontanamento verso le sette di notte.

"Da questa parte," improvvisamente si udì una voce maschile borbottare dietro di lei. Subito dopo, Susy e la sua famiglia si voltarono, stupefatti, vedendo dietro un albero un'ombra che faceva loro segno di seguirlo.

-Chi è lui? balbettava sua madre mentre fissava la figura scura e immobile. Mentre i suoi fratelli gemelli che non avevano più di 13 anni esclamavano dubbiosi e restii a seguirlo.

"Non lo so, ma... è meglio andare con quello sconosciuto che con loro," rispose Susy senza pensarci. Per poi strisciare cautamente nella fitta vegetazione per un paio di metri dopo aver seguito i passi di quella strana ombra che si muoveva davanti a loro all'ombra degli alberi. Dopo più di

300 metri di salita e respiro incessante, si stabilirono dietro una roccia che era l'ingresso di una piccola grotta.

-Chi sei? chiese Susy a bassa voce a circa tre metri dalla sagoma che si posava sull'oscuro ingresso di quella grotta naturale...

—Se vogliono sopravvivere, è meglio che entrino, qui per ora saranno al sicuro... —si sentì l'ombra rispondere con un tono molto strano mentre avanzava all'interno. Susy e sua madre si guardarono incerte come per dire: "e se fosse una trappola?"

"Siamo già qui, non possiamo tornare indietro con quelle cose che sono vicine... è meglio che entriamo", disse deciso Evans, e subito dopo, con tutto e con paura, entrarono.

Susy Evans, 28 anni, prima di tutto questo era una dirigente di successo di una multinazionale dell'energia. Quando la minaccia aliena ha iniziato il suo feroce attacco all'intero pianeta due settimane fa, è riuscita a sopravvivere con la sua famiglia nelle contee boscose mentre fuggivano di notte a piedi vicino ad Austin Texas. Sfortunatamente, sono riusciti a essere sorpresi un paio di ore fa quando un paio di navi li hanno individuati e hanno iniziato il loro feroce inseguimento fino a non molto tempo fa, quando apparentemente sono riusciti a perderli.

- Chi sei? chiese Susy con tono serio alle spalle dell'uomo che giaceva immobile in fondo alla grotta, dopo averci percorso all'interno forse quaranta metri.

"Presto ne arriveranno altri," rispose lentamente.

"Di cosa stai parlando giovanotto?" irruppe Annie, la madre di Susy.

"Presto arriveranno altri di questi invasori...

-Come fai a sapere? chiese Evans sopraffatto. Sembrava troppo catastrofico per essere vero.

"Non importa... solo che si stanno avvicinando," ripeté di nuovo lo sconosciuto questa volta con tono freddo.

Ordaz di eserciti ostili ha attraversato i cieli dell'intero pianeta eliminando gli ultimi resti della resistenza umana. Bastarono solo due settimane perché una flottiglia di una razza sconosciuta distruggesse quasi completamente la civiltà umana. Era tutto così, chi sopravviveva per giorni prima o poi veniva localizzato e annientato. Susy e la sua famiglia furono fortunate poiché avevano trascorso più di due settimane vive, e fortunatamente riuscirono a sfuggire alle due navi veloci prima che lo straniero li salvasse.

" Cosa dovresti fare?" chiese Evans all'uomo che giaceva immobile in fondo alla roccia, mostrando solo la sua ampia schiena nell'oscurità di quella caverna senza uscita.

"Presto porteranno i divoratori e la vita di questo mondo cesserà", rispose in un modo che non si aspettava.

-Di cosa stai parlando? chi sei? chiese di nuovo Evans, un po' infastidito dalla sua segretezza.

"Io sono uno di loro" rispose, lasciando Susy e la sua famiglia a bocca aperta per poi lasciarli ancora di più quando si voltò rivelando un volto da uomo, tranne gli occhi che erano completamente azzurri...

-Santo Dio! gridarono tutti in coro, e poi tentarono di uscire dalla caverna, ma l'uomo li fermò con:

"Aspettare!" Non sono come loro.

"Sembra un sogno", ha detto Annie, perplessa mentre abbracciava i suoi due figli mentre girava la testa di 360 gradi.

-Che diavolo! che succede mamma? esclamò agitato Aron, uno dei gemelli quasi sull'orlo di un attacco di panico.

"Perché ci stai aiutando?" se tu dovessi essere uno di loro — urlò Evans, un po' turbato, guardando appena negli occhi scuri dello sconosciuto con una sfumatura bluastra che a tratti si affievoliva nell'oscurità della caverna...

"Non avevo intenzione di farlo, tranne per il fatto che li ho guardati che stavano per essere catturati e..."

—Ma non capisco, da dove vengono? perché lo fanno?

Lo straniero si avvicinò a loro, superandoli, e si appollaiò all'uscita della grotta, guardando oltre l'orizzonte. Evans e compagnia rimasero sbalorditi da ciò che avevano sentito, e si aspettavano solo spiegazioni, che per qualche istante non avvennero.

"Cosa dovresti fare?" chiese Susy a bassa voce, un po' turbata perché la persona che le parlava non era umana. L'essere non rispose alla domanda e disse solo con quella voce roca "Non so perché ti ho salvato?" Alla fine nessuno sopravviverà in questo mondo, nemmeno le bestie, tutto sarà distrutto.

"Ma più di quello che sta già accadendo?" chiese Annie laconicamente.

"Si stanno avvicinando", dichiarò lo sconosciuto che aveva un fisico identico a quello di un essere umano a parte quegli inquietanti occhi azzurri, e un'altezza di quasi 1,90 metri.

Dopo averlo detto, stava per andarsene quando Evans ha urlato furiosamente proprio come lei, - se quello che dici è vero, ci avresti lasciato a noi stessi, wow! per dirci che presto la situazione peggiorerà, ci dai abbastanza speranza, non credi ometto delle stelle? — l'uomo che stava per perdersi verso una fitta distesa di alberi si fermò, e guardò alle sue spalle verso l'oscurità dove si trovava lei, che era illuminata solo dai raggi della luce della luna.

—Lo so, non avrei dovuto farlo, ma l'ho fatto e... —disse facendo un gesto scocciato e poi esprimendo con le parole qualcosa che non voleva dire— seguimi... ma in silenzio...

Erano delle ore intense che camminavano con paura in superficie mentre quello strano personaggio camminava senza dire una parola verso sentieri di difficile accesso. Fino a tarda notte si è fermato su una striscia di fitta vegetazione.

"Ehi, dove stai andando?" Voglio dire, grazie di tutto, ma cosa hai intenzione di fare? Susy sussurrò un po' nervosamente dopo aver camminato per forse quattro o cinque ore nel buio più totale, perché la luna era stata quasi coperta da fitte nubi.

Lo sconosciuto non rispose ed entrò da solo nella fitta vegetazione che gli arrivava agevolmente fino al petto. Susy e la sua famiglia aspettavano ai margini del fogliame senza sapere dove diavolo fosse andato lo straniero. Dopo un paio di minuti una luce scintillante illuminò tutto il posto intorno.

"Scendi," disse l'uomo, uscendo improvvisamente dal cespuglio e scaraventandoli tutti a terra. — Sopra le loro teste passava una flottiglia di navi circolari che sfrecciavano nel cielo in una direzione sconosciuta. Dopo pochi secondi si persero dietro alcune montagne.

-Mio Dio! Che cos 'era questo? sussurrò Annie, con il cuore che le batteva forte, e Susy ei suoi fratelli ripetevano esclamazioni simili. L'individuo è rimasto in silenzio per un minuto, poi si è alzato di nuovo e ha detto qualcosa che ha sbalordito tutti, specialmente la ragazza.

"Hai due possibilità: aspettare che arrivi il divoratore e il suo esercito, oppure venire con me sulle stelle, non so dove, ma lontano da qui."

Sentendo ciò, Susy tremò per ciò che questo essere sconosciuto in una situazione estrema stava proponendo loro. Andare con lui verso una destinazione sconosciuta era qualcosa a cui non potevo credere, solo che a quel punto era tutto quasi illusorio. Lei, essendo un ex dirigente di successo nel mondo degli affari, nessuno sano di mente avrebbe creduto che non si fosse mai innamorata, o che non ci avesse mai provato. Era una ragazza fredda che a quel punto non voleva morire senza sapere quello che tutti chiamano: amore. Non voleva morire, ma non voleva nemmeno andarsene. Ma, in quella situazione non c'era più alcuna possibilità di decidere, perché se fossero rimasti; morirebbero tutti. Ma c'era anche la questione di chi li assicurava che andando con quell'essere misterioso non sarebbero morti in condizioni peggiori? Inoltre, a quanto pare non aveva nemmeno raccontato loro tutta la storia.

"Sembra un dannato incubo," gemette Annie singhiozzando mentre abbracciava forte i suoi gemelli, e Susy da un lato, che sembrava incredula e si rifiutava di credere. Non voleva lasciare questo mondo nonostante la situazione di distruzione che regnava. Pensava di essersi abituato a scappare, ma a quel punto, se gli fosse stata detta davvero la verità, non c'era altra scelta.

"Va bene," disse da un momento all'altro mentre le sue lacrime le rigavano le guance. "Ma come usciremo da qui?" Non dirmi che proverai a rubarne uno?

«No», mormorò.

—Il motivo per cui li ho fatti venire qui è che dietro quei cespugli c'è una nave simile a quelle che sono passate pochi istanti fa.

-Quello? hai una nave? COME?

-Sì.

"Ma come l'hai preso?" Evans lo rimproverò di nuovo. —Troppe domande le turbinavano intorno, e siccome aveva un carattere riluttante, non poteva restare in silenzio. Nonostante avesse di fronte un essere di un altro mondo con una fisionomia umana, non le importava e continuava a fare domande un po' crude per la situazione.

"Puoi smettere di chiedere. urlò, intrecciando uno sguardo con Susy per un secondo e poi dicendo: —Penso che per ora non ci siano più segni di quelle cose, quindi aspetta qui accovacciato, vengo tra pochi istanti... non ti preoccupare pronti a tutto, perché se succederanno non lo diranno più", ha detto. Poi, davanti allo sguardo attonito degli umani, si perse tra la cupa macchia degli alberi di fronte.

Con gli occhi bassi, Evans cadde in ginocchio senza parlare mentre sua madre cercava di confortarlo. Nel profondo, nel profondo di Evans, era troppo pesante per lei essere stata così frivola e non essersi mai data l'opportunità di amare, perché secondo lei; era una sciocchezza. Ha sempre preferito essere una donna d'affari di successo e mettere da parte quello che chiamano amore, che è ciò che ci rende veramente umani. E la scintilla che fa emozionare tutti e ci spinge ad avere un motivo per fare le cose.

"Tesoro, non solo tu, siamo tutti feriti da questo." — Esclamò sua madre tra le lacrime mentre si chinava per abbracciarla in quella scena particolare.

" Lo so, mamma, ma..." rispose lei senza finire una parola ed entrambi si misero a piangere allo sguardo pusillanime dei gemelli. Non passarono più di cinque minuti quando un bagliore illuminò tutto sopra le loro teste in un raggio di forse dieci metri; Era lui. Lo strano uomo aprì il portello di quella strana nave circolare che brillava sopra le loro teste forse metri di circonferenza e con strana tecnologia. Immediatamente iniziò a sollevarli in aria, un'azione che fece rizzare i capelli a tutti, perché in un primo momento credevano che fossero quelle le creature ostili, ma la voce profonda dello straniero una volta che si furono sistemati sul pavimento della nave li rassicurò . :

-Affrettarsi. Come avrete già notato, la loro morfologia è simile alla nostra, quindi prendete posto, voleremo alla velocità delle stelle.

In altre parole, forse ciò che l'essere voleva dire loro è che avrebbero volato alla velocità della luce. Susy e la sua famiglia non si sono preoccupate di obbedire e si sono sistemate sulle loro sedie, che sono state immediatamente trattenute da un meccanismo come dei braccioli in modo che non sarebbero state sospese e avrebbero urtato contro le pareti all'interno di quella strana tecnologia una volta usciti dall'atmosfera.

"Aspetta, volevo chiederti una cosa" disse Susy cercando di controllare i nervi. Perché qualcosa era certo, a questo punto il suo futuro era incerto, e nonostante ciò, la sua mente non contemplava ancora la rassegnazione a morte certa. —So che qui si respira ancora ossigeno, credo di sì, altrimenti saremmo già morti, ma tu?

-Non preoccuparti! So cosa intendi", rispose passivamente, "respiro gli stessi gas che respiri tu. Non c'è niente da temere, c'è abbastanza su questa nave per arrivare dove stiamo andando. —Ha condannato e pochi secondi dopo si è perso più in basso in uno stretto cancello.

-Maledizione! Quel ragazzo è molto ermetico, odio gli uomini così, ma non è nemmeno un uomo, è un alieno o sa cos'è... — giurò a se stesso. Mentre nessuno della sua famiglia ha nemmeno detto nulla. Da un momento all'altro la nave iniziò a salire e all'improvviso si sentì una spinta brutale anche con la protezione e fu allora che la nave lasciò il pianeta a una velocità abissale.

Era un bacio ?

—Sono spariti i ricordi, almeno per il momento — si disse uno di loro...

Sono passati un paio di giorni da quando Susy e la sua famiglia sono riuscite a lasciare il pianeta. Ora, forse lì, la cosa più sicura è che la vita non esiste più. Almeno, finora sono stati fortunati. Anche se, a dire il vero, ora stanno apparentemente vagando nello spazio profondo senza direzione o direzione.

« Ho fame», disse all'improvviso uno dei gemelli. L'altro esclamò qualcosa di simile.

-Maledizione! Quel tizio non esce dalla cabina di pilotaggio da due giorni... ea quanto pare stiamo andando alla deriva", disse lamentosamente Evans, poi urlò in direzione dello scompartimento principale: "Ehi! Se sei dentro la cabina, esci, abbiamo bisogno di acqua, non possiamo sopravvivere un altro giorno, per favore! Disse quasi implorante, trascinando soprattutto quell'ultima parola che non diceva mai, per superbia e carattere dispotico.

Dopo le incessanti e fastidiose urla, non passò molto tempo prima che l'essere aprisse il portello e si avviasse senza alcuna emozione verso l'estremità della nave, aprisse uno scompartimento e da uno strano secchio color mercurio estraesse il liquido vitale che tutti chiamavano acqua nella terra. - Possono bere. Dimenticavo, voi umani non sopravvivete a lungo senza questo. Detto ciò, è tornato alla cabina di controllo con la stessa indifferenza con cui era arrivato, forse per il modo in cui la ragazza gli si era rivolta.

—Almeno beviamo un po' d'acqua... è buonissima, non trovi mamma? disse Aron "Non prenderne così tanto John, potremmo averne bisogno più tardi" ordinò sua madre mentre faceva un cenno ad Aron.

"Penso che non sopravviveremo a lungo come siamo", mormorò Evans a sua madre, lanciando uno sguardo disperato verso un'area della nave dove si apprezzava l'immensità del cosmo.

—Penso che tu abbia ragione tesoro, non c'è cibo. Non avrei mai pensato che in quei momenti, tra disperazione e paura che non contasse. Ma, a dire il vero, sarebbe stato meglio rimanere lì. sottolineò Annie, un po' rassegnata, ma, proprio mentre finiva quel commento, il portello si aprì di nuovo e l'uomo tenne tra le mani una specie di contenitore con del cibo misterioso ed esotico, almeno sembrava cibo delle stelle.

Lo diede a Susy bruscamente guardandola con aria apatica come per dire: "umano prendi, sono una seccatura". Non riuscì nemmeno a dire grazie quando l'uomo tornò da dove era venuto.

-Pasto! Annie esclamò, "ma...

—Non c'è altra scelta che mangiare mamma, basta per recuperare le forze... almeno se questo "cibo" non ci uccide, sopravvivremo ancora qualche giorno.

"È solo che sembra disgustoso, figlia. "Sembrano lumache schiacciate con salsa Worcestershire", ha aggiunto Aron. Ma non ci vollero più di un paio di secondi perché tutti assaporassero quel cibo gelatinoso e insapore.

" Presto arriveremo sul pianeta Kepler 45, la velocità sta aumentando in questo momento, l'equipaggio è invitato a prendere posto..." — una specie di altoparlante rimbombò nel linguaggio degli umani, qualcosa di veramente sorprendente per essere tecnologia. altri mondi.

"Hai sentito Suzy? Quel tizio si è anche preso la briga di tradurci nella nostra lingua, questo mi dà un po' di tranquillità, voglio dire, almeno non ci ucciderà per ora. sussurrò sua madre. Evans rimase in silenzio, come se stesse assimilando come le loro vite fossero cambiate da un momento all'altro. E dall'essere sulla terra tre giorni fa erano ormai molto, molto lontani, nelle profondità del cosmo dove potevano solo percepire un'oscurità atroce e miliardi e miliardi di stelle che si intravedevano attraverso un portello rettangolare.

"Lascia che ci uccida," disse scherzando John l'altro gemello. —Probabilmente sul pianeta dove stiamo andando, quello di cui parlava quella voce robotica, chi ci assicura che non ci porti come animali in gabbia? e una volta arrivati, ci vende al miglior offerente, e siamo noi a farmi ridere di tutti lì, non credi? Almeno così accade nel videogioco Game Di spazio .

"Non stiamo scherzando, John," lo rimproverò sua sorella, "non ti rendi conto, non voglio dirlo, ma le nostre vite... non possiamo..." Calmati, caro, vieni," le disse sua madre in tono affabile mentre la abbracciava forte. ed Evans si ruppe sul suo petto. —John e Aron non dicono sciocchezze, non voglio commenti del genere... Andiamo! ai vostri posti, che è sicuramente dove stiamo andando, staremo meglio. Annie ha condannato, guardando sua figlia piangere a squarciagola, cosa che non ha mai fatto nella sua esistenza sulla terra.

La signora Annie Marth era un ex avvocato di successo prima che accadesse tutto il caos. Aveva 47 anni ed era rimasto vedovo da poco. Suo marito, il signor Thom Ryder, membro della Marina, era morto di cancro appena due anni prima, cosa che li aveva colpiti molto nel nucleo familiare. E per finire, quando stavano assimilando la perdita, si è verificato l'evento catastrofico. La signora Annie sperava sempre che la sua cara figlia sposasse un ragazzo dei Martles ; famiglia benestante del Texas orientale e membri del principale consiglio degli avvocati dello stato. E fece di tutto per fissare loro un appuntamento, ma la ribelle Susy fece di tutto per rovinare quell'incontro. È che Evans era completamente diverso dalle ragazze, a un certo punto i suoi genitori pensarono che avesse qualche problema psicologico, perché a 20 anni non aveva mai conosciuto nessun fidanzato. Qualcosa di estremamente "normale" nella cultura americana, a meno che tu non sia estremamente timido o abbia qualche disturbo non ti senti incline verso il sesso opposto, è qualcosa di raro intendo nel termine ampio della parola. Passarono alcuni anni e Susy non mostrava ancora alcun interesse per i ragazzi, e fu allora che sua madre, con preoccupazione e orgoglio, cercò alcuni corteggiatori che, purtroppo per lei, finirono allo stesso modo: in imbarazzanti fallimenti.

Ed è che quando hai una figlia di grande successo fin dalla tenera età è difficile persino riuscire a controllarla. Evans dall'età di 23 anni dopo aver lasciato l'università, ha subito ottenuto una posizione di alto dirigente in una grande multinazionale dell'energia, wow ! che si è esibito all'altezza. In tutti quegli anni, Susy ha forgiato il suo carattere riluttante e freddo, che anche in azienda era segretamente noto tra i suoi sottoposti per il suo dispotismo da ragazza di ghiaccio. Ed è che come disse un saggio persiano "anche se diventi come pietra, in fondo ci sarà sempre qualcuno che può domarti".

"Quindici minuti luce per raggiungere Kepler45": lo stesso messaggio è stato ripetuto per alcuni secondi dall'altoparlante, un messaggio che ha riempito tutti di emozione.

Come sarà quel mondo? sarà come la terra? — commentò la ragazza, senza nemmeno aspettare una risposta, sì, con gli occhi fissi sull'unico portello rettangolare che c'era, largo forse un metro dove si vedevano le stelle.

"Vorrei tesoro!" Pur essendo realistico, ne dubito! immagina l'ultima serie che abbiamo visto in televisione, puoi immaginare...

—Quello che non capisco è perché quest'uomo delle stelle sarebbe scappato da loro? se dovrebbero essere della stessa razza.

"Non ne ho idea, tesoro," disse dolcemente Annie, "quello che mi chiedo è cosa stesse facendo nel bosco quando siamo scappate...?" sai, anche lui era un invasore, ma sicuramente a un certo punto si è ribellato contro di loro, questa è la mia unica teoria", ha detto l'avvocato.

—Non ci avevo pensato, mamma, hai perfettamente ragione, potrebbe essere, ma perché...?

" Perché non glielo chiedi, sorella?" urlò John, che era seduto alla sua sinistra degli otto posti che erano sparsi orizzontalmente a un metro l'uno dall'altro.

—Molto divertente fratello, spero che tu non sia così quando un dinosauro ti mangerà su quel pianeta su cui stiamo andando.

"Basta litigare per sciocchezze!" Non vedono in che situazione ci troviamo", li rimproverò la madre da brava avvocato. Repressione che ha avuto effetto.

"A volte ho pensato che avrei preferito essere morto", si è lamentato Evans, "tre giorni senza fare la doccia o liberarmi sono dannatamente pazzi".

"Guarda figlia! Cosa ci sarà dall'altra parte di quel cancello? indicò sua madre dall'altra fila di sedili sul lato sinistro della navata. Susy girò la testa e rispose dubbiosa.

Penso che sia la cabina.

"Voglio dire quello di destra, l'altro portello. Credi che lì ci sarà un bagno?" suggerì Susy, sapendo allo stesso modo di aver loro proibito di stare soli in quella sezione in anticipo.

—Vedo che adesso la nave trema poco, ma ... hai ragione, vado a dare un'occhiata dietro quel portello. Forse con un po' di fortuna troverò un bagno. disse mentre premeva un bottone e slacciava la specie di giubbotto di sicurezza sul sedile.

—Stai attento e facci sapere, amore.

La nave era visibilmente poco grande, al massimo era lunga 28 metri e larga 4 per 2 metri di altezza.

La ragazza camminava cercando di fare meno rumore possibile, dopo tre giorni seduta lì intorpidita era ora di indagare. Quando finalmente raggiunse la fine dell'unico corridoio che conduceva a un cancello che era probabilmente la cabina dove si trovava quell'essere, il secondo cancello era visibile a due metri di lato in fondo. Susy la fissò per un paio di secondi e poi non sapeva cosa fare, non era solo mettersi davanti a lei e un sensore che rilevava il movimento e si apriva automaticamente, no. Doveva premere almeno un pulsante sul cruscotto davanti a lui per aprirlo. Fortunatamente per lei ha premuto quello più ovvio, una specie di bottone rosso ed eureka! il meccanismo si è attivato e ha rivelato il suo interno. La camera in quella zona era completamente buia. Qualcosa che le fece rizzare completamente i capelli, ma capì subito che evidentemente non c'era pericolo, altrimenti quell'uomo li avrebbe uccisi giorni prima. Entrò e iniziò a divincolarsi lentamente fuori, praticamente a tastoni. In questa stanza non c'era modo di farsi guidare dalla luce delle stelle. Improvvisamente, sentì un brivido che la avvolse, e una paura irragionevole la prese, al punto che decise di tornare indietro, ma quando lo fece, il portello si chiuse improvvisamente e con suo stupore una mano si posò sulla sua spalla. e la lasciò raggelata, ma subito per sua fortuna una voce la calmò ed era la sua.

—Credo di essere stato abbastanza chiaro nell'ordinare loro di non andarsene dov'erano, perché hai disobbedito? fece notare sarcasticamente mentre lei riusciva a malapena a distinguere la sua sagoma nell'oscurità a un metro da lei.

— Scusami, ma, sai; Stavo cercando un bagno, non ci facciamo la doccia da diversi anni e... spero tu sappia di cosa sto parlando.

"E cosa ti ha fatto pensare di trovarlo qui?" voi umani siete molto poco pratici, - rispose, per ordinare subito in uno strano linguaggio un'intelligenza artificiale che accese immediatamente le luci in quell'intera stanza per andare! che se fosse ampio e pieno di piccole sezioni dall'aspetto tecnologico. Mentre Evans cercava di scusarsi, l'intelligenza artificiale annunciò nella lingua originale dell'essere che erano arrivati.

"Finalmente ci siamo arrivati", fece notare, e poi si affrettò verso la capanna. Susy lo seguì e, con suo grande stupore, entrò nello scompartimento dietro di lui senza che lui se ne accorgesse, e che spettacolo intravide...! la nave cominciava freneticamente a entrare nell'atmosfera.

-Cosa diavolo stai facendo qui? —Ha urlato nel momento in cui se ne è accorta, però non si è accorta più di: "Mettiti su quella sedia, perché se ti sorprende in piedi va a sbattere contro i muri e..." —Lei ha obbedito e subito sono entrati nell'atmosfera del pianeta Keplero 45.

-EHI! mi dispiace ma...

—Zitto umano, sono stato piuttosto compassionevole con te e tu osi ancora mancarmi di rispetto in questo modo.

"Vacci piano amico, non è un grosso problema," mormorò a se stesso. Mentre fuori la temperatura stava chiaramente salendo dal raggio di fuoco rossastro che si vedeva nella parte anteriore della nave.

Susy Evans, al di là dell'impressionante vista panoramica dell'intero pianeta, rimase per qualche secondo a guardare di profilo quell'uomo che stava compiendo delle manovre su una tavola che avrebbe comandato la nave. La realtà è che fino a quel momento lei non gli aveva prestato più attenzione che fargli domande, ma lui era lì a un metro di distanza, e per un attimo un pensiero l'ha presa e ha pensato: "che bello per non essere umano" , ma poi ha scosso la testa come per dire: "a che cazzo sta pensando signora? Non hai mai voluto il ragazzo più sexy del college con Marlon Parl e poi sembri uno stupido guardando un essere di un altro pianeta, wow! Che stupida signora di ghiaccio". Dopo essersi rimproverata internamente, distolse di nuovo gli occhi da lui ea quel punto stavano per scendere su una grande montagna che sembrava come se la cima fosse stata tagliata.

La vista era impressionante, quel mondo era chiaramente vivibile per la vita, almeno sicuramente quel soggetto se così si può chiamare, lo sapeva prima, e la deduzione di Susy, probabilmente ospitava la miscela ideale di gas da respirare se no, no sarebbe discendente Qualcosa che Evans non aveva mai mostrato almeno sulla terra era di essere grato, ma quando finalmente la nave atterrò su un terreno solido, fece qualcosa che con la sua famiglia non era mai solito fare. Senza dire una parola, si alzò dal suo posto e andò dove quell'essere stava probabilmente facendo gli ultimi aggiustamenti, e senza immaginare di aver fatto qualcosa che nei suoi peggiori incubi avrebbe voluto fare: baciarlo. Anzi, era qualcosa di inconsapevolmente anormale per lei, visto che erano anni che non mostrava affetto alla propria famiglia, così come lo era la sua personalità, ma forse l'emozionante emozione della scena l'ha spinta a farlo. Si bloccò e cercò di guardare di traverso, ma poi guardò dritto davanti a sé, forse arrossendo. Chiaramente, sapeva di cosa si trattava. Una razza intelligente come loro, conoscevano senza dubbio i sentimenti. Non voleva o non poteva, ma non disse niente , si allontanò velocemente e prima di lanciare forse un aspro rimprovero uscì da quello scompartimento come una ragazza sicura di sé.

Chiaramente, Susy davanti alla sua famiglia non l'avrebbe fatto, ma dentro era come una donna qualsiasi che voleva essere amata. Beh, almeno questo è quello che indicava.

Susie, ci hai messo molto tempo. Ti ho visto inseguirlo pochi minuti fa, cos'è successo? chiese sua madre quando arrivò. Evans con un'emozione fuori dal comune abbracciò sua madre e le raccontò cosa era successo e che erano già sul pianeta sani e salvi. Almeno per ora.

"Benedetto il cielo, pensavo che non ce l'avremmo fatta, oh mio!" sopravvivere sulla terra a quell'apocalisse e approdare in un mondo che...

—È bellissimo, mamma, ea quanto pare per il meglio, possiamo respirare. Questo mi ha dato quel ragazzo.

-E dov'è? chiese Annie.

—È rimasto in cabina, forse adesso scendiamo...

"Spero che non ci siano alieni lì dentro con due teste," mormorò Aron con una risata repressa. Troppo bello per una situazione del genere, sorrise subito maliziosamente, ma presto svanì dal suo volto quando il soggetto si avvicinò...

—Grazie per averci portato sani e salvi, gli fece sapere Annie senza pensarci, l'essere non disse nulla, si limitò a rivolgere a Susy uno sguardo indifferente, che lo guardava con occhiate taglienti. " Posso sapere come ti chiami?" chiese di nuovo.

"Non essere confuso ", rispose, così che anche Susy fu assorta. "La mia corsa non è misericordiosa con nessuno", ha pronunciato, "dopo quelle parole poco gentili, l'essere aperto il cancello principale verso l'uscita, ma non prima di aver ricevuto alcune domande, azione che non è stata molto di suo gradimento.

"Ehi tu", intervenne Evans, sei sicuro che possiamo respirare là fuori?

Lei non rispose, e allora cominciò a camminare sulla scala in pendenza, l'aria investì il bel viso di Susy che era sul bordo delle scale così piena, che la prima boccata d'aria provocò un colpo di tosse che spaventò sua madre, ma poi anche loro iniziarono a tossire imperiosamente, ma dopo un minuto smisero. Ovviamente era quasi la stessa composizione della terra perché non capitava alle major. Uno per uno se ne andarono. Lo scenario di quel mondo era meraviglioso, persino il gioiello che una volta si credeva fosse la terra languiva per la meraviglia del mondo davanti a loro. Vegetazione esotica e all'orizzonte in pianura decine di stranissimi animali alati di piccole dimensioni. Un giardino dell'Eden ultraterreno, proprio così.

Sul bordo della sommità di quella colossale rupe si poteva vedere la bellezza di un mondo così colossale, e lì Susy e compagnia contemplavano le meraviglie che li circondavano. Ma quella stessa vista fu quella che li ipnotizzò per qualche minuto che non si accorsero che l'essere non era più con loro, e si stava ovviamente preparando a lasciare il pianeta. Quando lei e la sua famiglia lo guardarono da sopra l'ingresso della navata svettante; il loro sangue scorreva freddo. La sua azione non è bastata, dall'alto l'essere urlato. "Sono stato troppo misericordioso con te, cosa che non farò mai più, dipenderà solo da te se sopravviverai laggiù", dichiarò, prima di chiudere il cancello e lasciare il pianeta a una velocità enorme in una direzione sconosciuta.

Susy Evans era perplessa. Dietro di lei sua madre ei suoi due fratelli, non si dissero niente per forse cinque minuti. Il suo cervello non sapeva come reagire dopo quella scena... wow! aver percorso distanze inimmaginabili per finire in un mondo sconosciuto che, sebbene bello almeno alla vista, molto probabilmente conteneva orrori.

"Mamma, dimmi che questo è un sogno", disse uno dei gemelli a testa bassa, l'altro si limitò a guardare sua madre incredulo di quello che stavano vivendo. Susy Evans aveva alzato lo sguardo come per dire: "no, no, perché l'hai fatto? Perché? — pensava che con quel bacio che aveva dato a quell'uomo se lo era guadagnato. Solo che pensava che con un bacio qualcuno si sarebbe innamorato di lei... molto lontano dalla realtà.

"Siamo al di sopra di questo pianeta, almeno su questa parte", ha commentato Annie. "Non c'è altra scelta, tesoro, che rassegnarsi... se non moriamo sulla terra o nello spazio profondo, questo è già profitto", disse, guardandosi intorno, un paesaggio che si estendeva per migliaia e migliaia di chilometri in qualsiasi direzione guardassero. Forse, la grande vetta di quella montagna che a malapena aveva vegetazione e alberi si estendeva per almeno un chilometro in tutte le direzioni. Attorno a loro non c'era alcun pericolo evidente, almeno per il momento, ma a poco a poco avrebbero dovuto trovare riparo.

-Maledizione! Quel bastardo ci ha ingannato, e io ho pensato che...

"Calmati figlia. Non ci ha ingannato..., non è cosa nostra che sia rimasto con noi, dobbiamo essergli grati, eh!

— Lo so mamma, — rettificò, — ma qui non ci conosciamo e... ma hai ragione.

—Almeno grazie a lui siamo vivi. Per ora dobbiamo trovare un rifugio, non sappiamo quanto durano i giorni e quanto è vicina la notte... perché guarda! Si vedono due soli, e una luna laggiù... — disse, indicando l'orizzonte dove si intravedevano due enormi oggetti luminosi simili a soli, e di lato una piccola luna che da quella distanza sembrava così, ma forse era grande come la terra.

—Davvero, sorella, vai là! in alto..." fece notare Aron.

-Fiduciosamente! Non fa buio, sarebbe terribile laggiù dove abbonda la vegetazione strana e fitta e tu sai cosa c'è là in fondo a quelle foreste— disse.

"Beh, almeno possiamo respirare e siamo vivi", fece notare sua madre, avvicinandosi all'orlo del dirupo come se cercasse di vedere cosa c'era in fondo alla montagna.

Chi sei?

"Sta diventando un po' freddo, mamma," piagnucolò John leggermente. "Penso di sì", ha detto Aron. "Sarà impossibile scendere oggi," disse Susy dall'orlo del colossale dirupo. - ti ricordi mamma Everest? ci starebbe due volte qui, e come puoi vedere, credo, ci vorrebbe almeno un giorno per scendere in fondo e potrebbe essere molto pericoloso. Per fortuna qui l'ossigeno è stabile, non è un problema e l'aria non è così forte, cosa molto rara. Ha aggiunto.

"L'altezza mi fa paura, figlia, ma hai ragione, non è così facile", ha affermato. —Quello che mi preoccupa è che... cosa mangeremo, non c'è acqua almeno qui...

—Non sapremo nemmeno se è notte o giorno, voglio dire, se quelle lune o quei soli non tramontano. Figlio di puttana, quel tizio ci ha lasciato per... non ci posso credere, ma comunque," mormorò Evans, allontanandosi dal bordo, un'azione che sua madre ripeté.

A quel punto, è forse molto probabile che non ci fosse più vita sulla terra. Dovrebbe essere troppo difficile per qualsiasi essere umano essere lì in una nuova atmosfera che cerca di sopravvivere, ed essere l'unica famiglia umana in quel mondo, figuriamoci. Susy Evans pensò per un attimo che quel bacio che aveva dato sulla nave avrebbe significato un punto a suo favore, ma che accoglienza ha ricevuto; lasciati al loro destino. Dopo qualche ora fortunatamente riuscirono a trovare un rifugio quasi al centro di quella montagna, e ovviamente, si assicurarono che non ci fosse traccia di vita come atroci insettoidi tra le foglie marce. La luce non calava, quindi non c'era altro modo che prestare attenzione al proprio orologio biologico e prendersi una pausa in quella che formava una mini grotta naturale nella roccia; un buco profondo forse due metri. Che in quell'intera sezione era di gran lunga la zona apparentemente più sicura.

"Siamo quasi sull'orlo, ma... Tutta la zona quassù sulla montagna è pianeggiante, non c'è nessun posto dove nascondersi... quindi passeremo di qui per scendere domani dico... se un giorno si fa buio. E lo desidero! Andiamo a fondo», disse Annie con una certa preoccupazione.

—La verità è che per ora non potremo assaggiare nessun cibo, se troviamo qualcosa, non sarà velenoso! — fece notare Evans, sedendosi con le spalle alla roccia. I gemelli giacevano in posizione fetale, probabilmente perché era la posizione migliore per ripararsi dal freddo.

"Cerca di far riposare mamma", disse.

E lì, sdraiata sul terreno roccioso, guardava verso l'esterno di quello che si vedeva del cielo arancione sullo sfondo, pensando a tante cose; la sua vecchia vita che poteva solo essere ricordata, non poteva più sognare l'amore, tanto meno avere figli, ora sarebbe solo cercare di sopravvivere, ed era che in quei momenti le pesava nel profondo che non aveva mai nemmeno avuto un fidanzato o vissuto come qualsiasi ragazza della sua età. Niente. Ora non poteva tornare indietro nel tempo e riviverlo. Ora sapeva che la grande posizione finanziaria che aveva una volta era inutile qui, che tutti i milioni che aveva accumulato non erano niente. Alla fine i suoi occhi si chiusero e si addormentò.

"Quante volte non hai sognato di essere felice si diceva Susy nel sogno, e anche se avevi tutto c'era sempre quel qualcosa di inspiegabile che ti faceva sentire di non essere felice." A volte hai tutto, ma anche allora non sei felice, perché è perché la felicità è in movimento, non è mai statica. Non mi lascerai mentire sul fatto che quando hai raggiunto un obiettivo o un sogno quando ce l'hai lì, spesso ti chiedi, è questa felicità perché ho combattuto così duramente? Ne è valsa la pena questa sensazione passeggera? e cosa dopo? e se. L'ho sentito, penso che sia così che chiunque l'abbia fatto a noi. E forse tutto è dovuto perché non rimanessimo pigri nell'attesa della manna dal cielo... per far muovere il mondo ci voleva una falsa felicità, o almeno una sensazione di felicità temporanea che non dura mai. Come diceva mio nonno Mark: "la vita è come un libro, ha capitoli brutti e capitoli belli, personaggi brutti e personaggi belli", e penso che su questo avesse ragione. Tante volte in passato ho pensato al suicidio perché non riuscivo ad avere la felicità che tanto vendevano in televisione, finché una mattina mi sono detta: sciocchezze Susy, che aspettare che qualcuno ti faccia sentire le farfalle nello stomaco; è stupido credere che una volta che appare quanto sopra; sarai automaticamente felice. Bah!, per questo ho rinunciato a tutto quello che chiamano sentimenti, e credo sia meglio così... quanti grandi personaggi della storia, come Nicola Tesla che non si è nemmeno sposato, sono morti vergini e il mondo non è finito cosa mi importa Niente fa la differenza nel caos, che tu sia un personaggio o un nessuno tutto continua allo stesso modo...

Mentre sognava serenamente, un rumore alla periferia di quel rifugio roccioso la svegliò di colpo, girò la testa e sua madre e i suoi fratelli dormivano ancora, così lentamente, molto lentamente si alzò e diede un'occhiata fuori o almeno cercai di dare un'occhiata, perché chi faceva quel rumore veniva dalla cima della montagna dove si trovavano. Potrebbe essere un animale di questo mondo, si chiese prima di piegare completamente la testa sul lato sinistro. Per sua fortuna non c'era niente. Il tumulo di roccia riparato era praticamente l'unica cosa che sporgeva dalla montagna ed era lungo forse 2 metri per 2 metri e largo due metri, una minuscola grotta naturale e uno o due alberi sparsi lungo la cima. Naturalmente, gli alberi almeno in quel mondo apparentemente non erano così diversi da quelli sulla terra. Beh, almeno quello che avevano visto, tranne per il fatto che avevano molte più foglie di plastica, si potrebbe dire, ma in teoria consistevano sostanzialmente nella stessa cosa, tronchi simili a quelli della terra.

Susy a poco a poco uscì, sapeva che questo rumore veniva da vicino dove si trovavano, senza dubbio non veniva dai piedi della montagna dove c'erano le immense foreste perché era un suono contiguo. Camminava lentamente guardando in tutte le direzioni, non poteva nemmeno armarsi di bastone o di sasso perché non c'era niente, era solo terra, una terra rossastra di rame, quindi continuò ad avanzare in quel terreno aperto che, di per sé, non rappresentava qualsiasi pericolo apparente. Il fatto è che non ci sarebbe modo per una bestia di nascondersi dietro uno degli alberi frondosi radi che erano per lo più piccoli. Non si spostò a più di 50 metri dalla grotta, ma quando rinunciò ad andare avanti, voltandosi e ritornandovi, dietro il riparo roccioso all'altra estremità della montagna apparve una sagoma femminile con una notevole somiglianza con un essere umano. ovviamente, non era umana o qualunque cosa fosse era qualcosa di diverso. Susy è rimasta immobile a guardare mentre quella donna simile ad un'amazzone si avvicinava e passava accanto alla grotta dove in prima istanza è ciò che ha preoccupato Evans, ma appena è arrivata nella sua direzione si è attivato il suo istinto di sopravvivenza e ha urlato cercando di contenere la sua paura.

-Chi sei? - Spero di non aver dato fastidio alla nostra presenza... scusatemi, ma un ragazzo ci ha lasciato qui su una nave. Ha accennato frettolosamente come se pensasse che l'avrebbe salvata.

—Dopo aver sentito quell'ammasso di strani suoni, la bellissima creatura dalle sembianze umane si fermò. La guardò dalla testa ai piedi, indossava una specie di abbigliamento come alcune tribù del Sudan orientale; mezzo nudo Solo che i suoi occhi erano completamente color smeraldo senza iridi completamente coperte. Forse era l'aspetto a distinguerla da Evans. Ovviamente, per non parlare del fatto della muscolatura accentuata. La guardò dalla testa ai piedi per qualche secondo da una distanza di al massimo otto metri. Evidentemente non era una specie di aborigeno di quel mondo o qualunque cosa fosse. Dopo averlo fatto, si voltò e parlò in un linguaggio arcaico simile a quello che l'intelligenza artificiale aveva parlato sulla nave dello starman.

Susy non capì niente, e rimase in silenzio senza muovere un dito. Subito dopo, le parole dello sconosciuto la lasciarono senza parole:

—Ho guardato tutto... li ha lasciati abbandonati.

"Tu parli mio...

"Possiamo parlare qualsiasi lingua di qualsiasi civiltà, perché le lingue delle stelle sono impiantate in tutti noi dalla culla", ha detto inaspettatamente.

" Ma chi sono?"

Ho guardato tutto. Vedo, li ha abbandonati, e da quello che vedo è anche scappato. - Ha indicato di voltare le spalle.

"E sai chi è?" — chiese Evans, cercando di capire chi diavolo fosse, perché evidentemente quella ragazza era della stessa razza dell'uomo delle stelle, e da quello che aveva intuito non rappresentava per loro un pericolo uguale.

—Il principe del Baryus . Esclamò con tono freddo come se odiasse quell'uomo.

—Bario ! _ Susy sussurrò a se stessa: "Un principe?" — Si è dimenticata di sussurrare, ma questa volta un po' più forte, così che anche lo sconosciuto l'ha sentita.

—Un principe tradito dai suoi.

-Quello? —Evans borbottò, tutto ha un senso, pensò, "Capisco perché stava fuggendo dalla terra —disse —e tu chi sei? chiese. Non c'era molto tempo per assorbire le cose nonostante fosse così inquietante e incredibile. Voleva sapere tutto prima di perdere l'occasione.

—Ero la sua fidanzata, ma i dannati hanno osato tradirmi. aveva confessato, accentuando le parole con tono furioso.

"Perchè lo hai fatto?" —Si chiese, —Lo vedo e...

— mmm assomigli a quelle creature che ho guardato prima che i Baryu partissero per conquistare le stelle qualche tempo fa. —Commentò guardandosi alle spalle. In quel momento, Susy stava cercando di capire tutte le informazioni che questo sconosciuto le stava dando, quando sua madre Annie la interruppe stupita all'uscita dalla grotta.

"Chi è figlia?" chiese ad alta voce.

—Non importa, mi sta dicendo delle cose, non avvicinarti.

"Meglio che vada", disse lo sconosciuto, "aspetta, sai come procurarti cibo e acqua?" Per favore, vorrei... Prima che finisse di dirlo, lo sconosciuto corse verso la scogliera e saltò, un'azione che lasciò entrambi gli umani a bocca aperta.

-Come ha fatto? urlò Annie, avvicinandosi a Susy con i gemelli, che era ancora colpita da ciò che aveva sentito.

"Hai guardato, figlia?" chiese di nuovo con il respiro accelerato.

"Non vola o lo fa?" Dissero in coro i gemelli.

-Non so...! Non aveva le ali, rispose lui, poi Annie si avvicinò all'estremità del dirupo per assicurarsi che fosse reale e non il prodotto di un'allucinazione collettiva.

-Mio Dio! Mi fa girare la testa figlia immaginare che ne sia uscito vivo dopo essere saltato nel vuoto.

"È proprio come lui, mamma," urlò Susy a circa quattro metri da sua madre.

-Quello? il bell'uomo sulla nave...

—Non so se è bello, non l'ho notato, ma mi ha detto che parlano molte lingue e che è della stessa razza.

"Sembrava una di quelle Amazzoni che vedi nei film..."

-Sì. Grazie al cielo non ci ha fatto del male, ma... mi ha detto che l'omino delle stelle era un principe tradito dalla sua stessa gente" confessò Susy, avvicinandosi alla madre e ai fratelli alle sue spalle.

"Te lo dirò dopo, mamma," disse, "per ora abbiamo dormito abbastanza, ora è meglio andare a prendere cibo e acqua," propose.

"Sì, hai ragione, se quella donna non ci ha fatto del male dubito che lo farebbe laggiù, voglio dire, se non fosse morta dopo quella caduta," fece notare la madre.

Non c'era altra scelta che il pericolo, ne avevano già avuto abbastanza in così poco tempo per temere di scendere da quella colossale montagna, ormai era il minimo. Almeno se morissero, disse una vocina dentro Susy; era già profitto. Non era un compito facile nemmeno appollaiarsi sul fondo di quella foresta sconosciuta. Al massimo sono state 7 ore di pericolosa geografia in cui in più di un paio di occasioni sono quasi morti cadendo nel vuoto. Ma eccoli lì alla fine, sullo sfondo, a sentirsi preda dell'ignoto, dove forse lo sguardo malvagio di qualsiasi predatore li guardava per ucciderli.

"Mi sembra che ci stiano osservando attraverso il sottobosco," commentò Susy, guardandosi intorno incessantemente. John e Aron camminavano esitanti accanto alla madre come se fossero bambini, è che l'appartenenza alla classe alta del Texas li privava di molte libertà di altre classi sociali, e non era una cosa molto buona in quel posto, visto che lo facevano non sanno fare niente da soli.

—Sono d'accordo con te, tesoro, è inquietante! essere già quaggiù, nonostante il fatto che i panorami da dove eravamo fossero incredibili.

— Spero solo che non prendiamo una bestia da questo posto... —Avvertì.

Il primo giustiziato

-Aspetto! acqua", urlò uno dei gemelli, avanzando verso uno specchio d'acqua che sgorgava da un ruscello come un ruscello.

"Benedetto il cielo, per un momento ho pensato che non l'avremmo trovata", disse sua madre.

"Ho pensato la stessa cosa, mamma... ma sarebbe illogico, che c'è vegetazione e non c'era acqua, e da quello che vedo è cristallino," disse Susy, avvicinandosi e chinandosi per toccarlo, ed essere il primo a berlo.

"Vedo che si sono preparati a scendere", si udì prorompere dietro di loro una voce femminile, che era appoggiata sulla cima di uno strano ed enorme albero simile a un fico. Lo shock di tutti loro fu minimo e si voltarono energicamente verso il punto da cui proveniva la voce.

-Voi...! Tu», esclamò Evans, «di nuovo tu.

"Vedo che sei sorpreso. Ti aspettavi di vedere colui che li ha abbandonati? disse sarcastica la donna abbozzando un piccolo sorriso.

-NO. Ho solo, ho solo pensato...

-Cosa hai pensato? cosa dovrei andare No no , questo posto è il più sicuro del pianeta, uscendo da questa foresta il pericolo aumenta, quindi preferisco stare nel cerchio sicuro. aggiunse con un'intonazione piuttosto ironica.

"Cosa c'è fuori dalla foresta?" solo il verde è visibile dall'alto», chiese Annie.

" Non importa, è solo... niente," fece notare la sconosciuta senza finire la frase, prima di lanciare uno strano frutto che stava mangiando e saltare a circa due metri da dove si trovava e cadere davanti a loro. "Vedo che rimarranno qui per un po'", mormorò...

-Sì. Susy esitò: "Non abbiamo scelta, e... sei l'unico che vive qui?" Ha aggiunto.

Lei non rispose e si limitò a scuotere la testa. La sua bellezza era straordinaria, più che evidente la prima volta, ma vederla da pochi metri di distanza era incredibile, unita al suo tono muscolare accentuato, a volte dava l'impressione che fosse una prodigiosa guerriera di qualunque razza fosse. Aveva facilmente più di 1,80 e il suo comportamento era intimidatorio, ovviamente Susy non era una persona così fragile rispetto a un essere umano, ma questa femmina era meravigliosa almeno nella sua fisionomia, che sembrava intimidatoria accanto a lei.

Alzò gli occhi al cielo arancione attraverso la fitta chioma degli alberi. "Presto si farà buio, vieni con me", disse, prima di dirigersi alla sua sinistra e camminare verso un sentiero che era nascosto nella fitta vegetazione dal lato dove si trovavano.

-Cosa stiamo aspettando? Dai! — ordinò Susy e gli altri la seguirono a passo sostenuto senza nemmeno accorgersene prima che lo sconosciuto si perdesse.

-OH! Sembra che abbia fatto questo percorso, sicuramente conosce molto bene il posto, e...

"E così c'è da mangiare, mamma," borbottò Evans, che era in testa, ma non riuscivano a tenere il passo con quella donna che si muoveva agilmente lungo il sentiero circondato da alberi e di difficile accesso, e un po' più scuro per il fitto numero di alberi ravvicinati che coprivano il cielo e impedivano ai raggi di luce di filtrare. È solo che quel posto in cui l'hai guardato sembrava il paesaggio di un film sinistro. Fortunatamente, non erano più che minuti nella percezione degli umani e per seguire i passi dello sconosciuto-.

Qualche tempo dopo

«Almeno penso che siamo qui, mamma», fece notare Evans, «sembra una baracca o...

"Resterai qui" esclamò la voce profonda della donna sul ramo di un albero che a tratti gelava loro il sangue e sembrava di essere nella fossa dei leoni, ma per fortuna era solo uno spavento.

"Non li mangerò," urlò di nuovo, e poi scese e si avvicinò a una vecchia costruzione rudimentale, che a prima vista sembrava essere ciò che restava di una strana casa a un piano senza finestre, solo una porta a forma di stella che doveva essere la porta, ma che sembrava molto, molto antica. Lo straniero delle stelle non se ne è accorto ed è entrato, Susy e la sua famiglia sono rimasti a pochi metri dalla casa, forse avevano ancora una certa sensazione di: "e se ci vuole uccidere".

"EHI! Fai attenzione, non possiamo ancora fidarci, è molto... ha qualcosa da...

"Lo so tesoro, ma abbiamo bisogno di mangiare. Hai sentito quello che ha detto, che si sarebbe fatto buio, il che indica che presto sarà notte. In questa zona non si vedono i raggi dei soli che c'erano...

" Sì, dobbiamo mangiare, ma non possiamo..." Prima ancora che Evans avesse finito la frase, la donna uscì dalla capanna con una vecchia borsa apparentemente di cuoio e un lungo pugnale che fece trasalire di nuovo tutti.

"Hai visto quella mamma?" John avvertì in un sussurro: "Ci ucciderà", disse l'altro. Sua madre deglutì ed Evans si trattenne dall'urlare. "Qui", disse lo sconosciuto, avvicinandosi a due piedi da loro.

- Una spada! Susy esclamò sommessamente.

"La tua sicurezza dipende da te." Inoltre, avranno bisogno di mangiare e difendersi da loro.

"Cosa intendi per loro?" Evans aveva chiesto disinvoltamente sconcertato. Solo che pensava che bastasse avere un po' di pace dopo aver attraversato un'odissea di pericoli, e sentirlo ancora le dava la pelle d'oca, e non solo per lei, sua madre la guardava dubbiosa come per dire: "Oh Dio , ancora sorprese!

Immediatamente lo sconosciuto uscì da quel cerchio dov'era la capanna, che era l'unico cerchio aperto di vegetazione intorno a loro, e si addentrò subito nella foresta, non prima però di aver ignorato le domande che Evans le fece prima di scomparire.

—Quello che mancava, si sta facendo buio per la fame e...
—Entriamo, non sarà pericoloso, —suggerì Evans, ma non prima di

prendere la rara lama di metallo che giaceva a terra, per entrare subito nella capanna con la sua famiglia.

La prima cosa che osservarono all'interno furono degli strani oggetti di pietra, come se fossero appartenuti a una tribù su quel pianeta , come se anche ciò che restava di quella capanna in piedi fosse stato parte di una colonia di migliaia o centinaia di anni fa.

"Che cose strane... sembrano... utensili usati nei templi indù," disse Annie.

"Sembra un bicchiere laggiù," Evans indicò l'estremità dell'angolo, dove c'erano contenitori di materiali diversi ricoperti di foglie e pezzetti di ramoscelli secchi.

"Mi rende claustrofobico che non abbia finestre", commentò sua madre, guardando nella penombra il particolare soffitto a forma di imbuto all'interno.

-Ciao mamma! Sta diventando davvero buio", ha commentato uno dei gemelli ai piedi della porta di quella capanna preistorica di quattro metri per quattro, mentre gli altri esploravano.

"Santi Maria e Giuseppe!" siamo appena entrati e già... si sta facendo buio molto velocemente.

-Sembra. Inoltre, ricorda cosa ha detto, che loro! Chissà cosa intendeva dire, chiudiamo meglio la porta suggerì sua figlia.

"Ecco qualcosa che potrebbe servire a coprirlo", disse Aron, sforzandosi nell'oscurità sul retro per raccogliere qualcosa che assomigliasse a una spessa tavola di legno circolare che avrebbe facilmente coperto la porta a stella una per due.

Evidentemente quel luogo un tempo era utilizzato dallo straniero perché vi erano sparse ovunque bucce essiccate di alimenti simili a frutti.

Dopo aver coperto l'ingresso, tutto è rimasto nell'ombra, non avrebbero nemmeno aspettato che facesse buio e sai quali strane creature dalla foresta sarebbero uscite. In nessun modo avrebbero rischiato.

Decine di pensieri turbinavano nella mente di Susy Evans, rannicchiata lì con la sua famiglia nel mezzo di quella foresta remota che cominciava a diventare particolarmente inquietante a causa dei rumori e degli ululati di vario genere, sicuramente di predatori e bestie autoctone del luogo. Aveva paura di chiudere gli occhi. Voleva in qualche modo essere come i suoi fratellini che si addormentavano velocemente e dormivano accanto alla madre. Era lo svantaggio di essere così attenta a tutto da quando gestiva Martions Energy in Texas. Era sempre stato così, nonostante fosse una donna dispotica e fredda, amava fare le cose per bene e qui non faceva eccezione. Voleva mantenere in vita la sua famiglia, l'unica cosa che gli era rimasta. È solo che pensare a una vita felice era passato in secondo piano, ora si trattava di sopravvivere il più a lungo possibile.

All'improvviso, mentre i pensieri andavano e venivano, si cominciarono a percepire rumori luridi intorno agli alberi che circondavano la capanna. I rumori se ne andavano e riapparivano, come se qualcosa fosse vicino e poi se ne andavano. Poi c'erano suoni come corvi e bestie che a volte le facevano gelare il sangue. C'era qualcosa fuori, di questo era sempre più sicura. Anche se, a volte, voleva attribuirlo ai suoi nervi.

Che non siano predatori – sussurrò una voce interna – è che dover sopportare l'assalto di qualunque cosa fosse già bastava, in una situazione come questa di fame e sete, e in mezzo a un mondo sconosciuto; era troppo. All'improvviso i mormorii e gli echi si fermarono per qualche secondo, ma la sinfonia dell'orrore era presente quando si udì un suono ai piedi della porta, era come il ringhio di un lupo, ma cento volte più terrificante. Susy non respirava nemmeno, in quel momento si sentiva morire, premette il dito sulla schiena della madre che era in posizione fetale accanto ai suoi fratelli, si svegliò e prima di dire una parola Susy si coprì la bocca ;

"C'è qualcuno fuori," sussurrò inorridita, cercando di contenersi. Sua madre capì la situazione e rimase zitta, si sedette come meglio poté e si appoggiò alla parete di legno.

Ma qualunque cosa fosse fuori era ancora lì, sicuramente analizzando i nuovi odori e probabilmente bramando carne di qualsiasi tipo.

Infatti, in tutte le ore prima di essere nella capanna non hanno mai visto animali terrestri nelle vicinanze nonostante fosse una foresta che sembrava sostenere un'enorme catena alimentare. L'unica cosa che hanno visto sono state decine di piccoli uccelli astratti che volavano nei cieli da qui a lì, ma in teoria non rappresentavano un pericolo viste le loro dimensioni.

"C'è qualcosa dietro la porta," mormorò ancora una volta, e la risposta di sua madre con una stretta di mano fu una prova di orrore. I suoi fratelli dormivano ancora, ma fu alla minaccia imminente che Annie decise di svegliarli nello stesso modo in cui sua figlia aveva fatto con lei.

Susy strinse forte il pugnale che era praticamente senza filo, ma che sarebbe servito a sferrare un bel colpo, era comunque molto meglio che non avere niente. Non voleva alzarsi per paura che se fossero state bestie avrebbero fiutato il suo sangue e le avrebbero attaccate. Aspettare sarebbe stato il massimo, pensò, cercare gli occhi del gatto non sarebbe stata una buona idea, tanto meno trovarsi dietro una fragile capanna, almeno quello che c'era fuori non erano esseri intelligenti ma erano già sotto assedio e fuoco. Ma, nonostante questo, non c'era nemmeno la sicurezza che ciò che c'era all'esterno non avrebbe demolito la porta circolare che era fermata solo da un pesante masso alla base. Inoltre, se fossero entrati, non c'era modo di attraversare la parte posteriore che era fitta di una specie di bambù. L'unica uscita era l'ingresso.

La maggior parte di loro pensa che sarà sempre nella comodità delle proprie case, ed era esattamente quello che pensava Susy, era difficile per lei assimilare tutto ciò. Pensò per momenti che fosse un incubo che non era ancora finito e che stava per finire, ma, ma quando tornò alla realtà, sapeva che era solo all'inizio. Come voleva essere sdraiata nel suo letto sulla terra, ma era qualcosa che non avrebbe mai più sperimentato. La rassegnazione prima di tutto, diceva la vocina della sanità mentale.

Prima che potessero capire tutto, una strana voce proruppe dall'esterno, forse da dove si poteva intravedere la capanna la prima volta che Susy la guardò, e poi ruggiti feroci si precipitarono verso quella voce mentre si udivano passi lenti al galoppo e ruggiti che si affievolivano...

- Calmati figli miei, tutto bene figlia?

"Sì, mamma," disse Susy, deglutendo, "cos'era quella voce?" Le bestie se ne sono andate, come se qualcuno le avesse chiamate, ma...

" Il solo pensiero che fossero animali feroci o chissà cosa sono, mi fa accapponare la pelle", disse, mentre le sue pupille vagavano nel buio, perché in quel momento anche gli atei avrebbero implorato i loro dei.

"Spero solo che non tornino", sussurrò sua figlia.

—Vedo che non hai dormito tesoro, starò di guardia, qualsiasi cosa ti sveglierà, dai, vai a dormire! suggerì sua madre, ripetendo la stessa cosa ai suoi gemelli. Ordine a cui obbedirono. Tuttavia, era molto difficile se non impossibile per lui dormire dopo aver sentito quella scena agghiacciante. Non credendo che Susy ce l'avrebbe fatta, si addormentò completamente.

Ore dopo

"Tesoro svegliati!" tesoro... disse Annie un paio di volte finché Susy non aprì gli occhi ed esclamò. "Madre, cosa, cosa..."

—È già giorno tesoro, a quanto pare in questo mondo le notti durano al massimo una decina di ore.

"Ma hai dormito?" quando io...?

—Sì, non ti preoccupare, mi sono riaddormentato ancora per qualche ora.

—È stato orribile mamma, non credi, cos'è successo ieri sera?

-Sì. È stato orribile, ma grazie a Dio stiamo bene. Ora dobbiamo solo procurarci del cibo, perché non mangiamo da almeno due giorni.

— Certo, sì, — rispose, poi salutò i suoi fratelli con: "ciao matti" e loro risposero con: "bah, mensa".

Ma qualcos'altro li attendeva, e non erano piccole sorprese. La luce del sole avvertiva attraverso le fessure del tetto della capanna che era un nuovo giorno. E quando finalmente si fecero coraggio per aprire l'ingresso, una scena terrificante apparve davanti ai loro occhi, come se fosse un maledetto incubo senza fine. Ed è che davanti a loro dall'altra parte del cerchio di circa otto metri dove non c'era vegetazione e da dove c'era un albero frondoso come un fico precedente da dove si poteva vedere la capanna, giaceva il corpo appeso a testa in giù giù e inerte della strana donna che l'aveva aiutata il giorno prima. Il suo cadavere era completamente martoriato e il sangue gli colava lungo le braccia ancora fresco. Non avevano fatto un passo fuori e già il terrore li accolse con una scena così spettacolare. La bocca di Susy era aperta, non voleva nemmeno muoversi, non tanto per lo shock di vedere il cadavere dello sconosciuto, perché sapeva che un morto non faceva niente. Il terrore che l'aveva stupita erano gli esseri che circondavano l'enorme fico; esseri simili all'uomo delle stelle li stavano fissando, chiaramente stavano venendo a prenderli o forse avrebbero subito la stessa sorte dello straniero. Qualunque cosa fossero; erano cacciatori e non sarebbero andati senza danni. Susy ha afferrato con forza il machete o qualunque cosa fosse, questa volta non c'era possibilità di correre perché sicuramente ce n'erano altri sparsi in giro e li avrebbero raggiunti. Almeno nel suo orrore c'era già la rassegnazione, beh almeno in lei e sua madre, è che quando sei molto giovane come i suoi fratelli gemelli, forse dentro di te pensavi di essere troppo giovane per morire. Sai, tutti noi attraversiamo quei momenti della giovinezza in cui idealizziamo l'amore in cose come: che avremmo trovato una ragazza, avremmo studiato, poi ci saremmo sposati, un bel lavoro, dei figli... Tutto questo, però , in realtà, pochi lo raggiungono. Lo pensiamo tutti in quel momento, questa è la vita e penso che tutti attraversino quelle idealizzazioni, sogni tristi, paure...

Non hanno nemmeno pensato di provare a chiudere l'ingresso della porta, sarebbe stato impossibile combattere contro quegli esseri. Ecco perché Susy ha formulato l'idea di: "Se devo morire qui, lascia che almeno combatta". Beh, non si poteva nemmeno dire che avesse un'idea di cosa fosse combattere, era forte, ma inutile per una situazione del genere.

"Vi amo tutti", si sentì dire Annie a bassa voce mentre abbracciava stretti entrambi i gemelli al suo letto. Susy, un passo avanti a lei, rispose: "Li amo anch'io, almeno insieme fino alla fine". farglielo sapere a bassa voce, mentre le gocce gocciolavano dagli occhi di tutti come una brezza estiva. All'improvviso, da dietro l'enorme albero frondoso come un fico, uscì un essere vestito diversamente dagli altri, forse era il capo o il capobanda dei cacciatori che in genere indossavano abiti meno scuri simili al re scorpione. Si avvicinò al cadavere e con la sua spada tagliò la corda dal ramo, e il corpo cadde con un leggero movimento di rimbalzo finché non fu inerte».

Poi rivolse a Susy uno sguardo intimidatorio. In quel momento non le faceva così male, sapeva o almeno intuiva che quella sarebbe stata la fine, quindi la paura che le era rimasta era quella di usarla almeno per morire con dignità. Sapevo di non poter fare molto, ma la paura non ti salva né ti fa vivere più a lungo, non importava in quei momenti. Dopo essere avanzato di un paio di metri, il leader si è messo di fronte a loro, si è subito guardato alle spalle e ha indicato il corpo, e nella sua lingua ha parlato loro, cosa che li ha lasciati di nuovo scioccati.

— Sono stati fortunati, la donna che vedono giustiziata non è altro che il capobanda della ribellione. Con la bocca asciutta, Susy cercò di deglutire e riuscire ad assimilare quello che le diceva quel ragazzo. Ma, quando stava per tentare di rispondere, l'essere riprese:

"Siamo stati inviati da Kery, il re dei Baryu . Siamo una fazione del suo esercito che non si è ribellata, ma gli siamo fedeli... ci ha mandato a caccia per giorni dopo che lei è riuscita a fuggire su questo pianeta, abbiamo ucciso i suoi complici giorni prima, e solo lei è rimasta. Recentemente abbiamo ricevuto un segno da nostra maestà che diceva di non farvi del male. Perché se non avessimo ricevuto l'ordine, altrimenti avrebbero subito la stessa sorte di quello eseguito.

—Susy rimase dubbiosa, pensosa, come dicendo a se stessa: "wow wow , l'omino delle stelle con cui è il re, e per lui non ci faranno del male", poi esclamò; grazie, ma... - cosa faranno di noi? Non so se è stato così brutto come dicono, ma ci ha aiutato ieri. ha confutato.

—Il nostro ordine era di giustiziarla, ed è stato eseguito... —Tagliatele la testa —si udì una voce in sottofondo mentre un altro soldato eseguiva l'azione, il capo continuò a guardarla di nuovo. "Verrai con noi, questo mondo sarà probabilmente annientato quando non la troverai, quindi vai avanti" aveva ordinato con fermezza.

Ti piaci?

La scena era dietro. Con tutto e la paura che i loro corpi presentavano ancora, Susy e la sua famiglia, senza opporre alcuna resistenza, furono portati su un paio di navi che si trovavano a centinaia di metri di distanza. C'erano molti esseri simili all'uomo delle stelle che era dentro di loro, ma ovviamente non avevano la sua aura di mistero e bellezza, e questo lo rendeva diverso. Ovviamente, dal momento in cui Susy lo ha guardato, ha capito che era diverso dagli altri, beh, almeno nell'aspetto fisico era quello che denotava. La flottiglia era composta da cinque navi simili a uova allungate ed erano molto più grandi di quelle dell'omino, ed erano sospese sopra la cima degli alberi della foresta all'interno. Per un attimo prevalse tra loro l'angoscia, dopo essersi separati. Annie e le gemelle in una e Susy in un'altra. Ma lei li calmò dicendo: "Se avessero voluto ucciderli, l'avrebbero già fatto, ed essendo vivi c'era già un guadagno".

Tempo dopo

il padre del principe Kery , non la considereresti umana", disse una voce dai lati dell'interno di una sezione della nave che era quasi completamente buia, a parte una lampada tremolante che ondeggiava. Suzy non ha detto niente. Stava immobile con le gambe unite e le mani intrecciate come quando metteva alla prova quei candidati a posti importanti e si sentiva superiore umiliandoli, qualcosa del genere, ma ora al contrario. Si sentiva nelle sue mani, non poteva essere coraggiosa, almeno per ora, anche se il suo carattere esplosivo a volte voleva professare una maledizione su quei bastardi che la sua mente un tempo aveva pensato. "Anche se non capisco l'interesse di Kery a lasciarli in vita ora che è re", rispose di nuovo la voce dall'ombra, ma questa volta con un tono più ironico e aspro. Evidentemente a quella voce femminile del Baryus non piaceva molto l'idea di prendere a bordo quell'umano.

"Sei muto?" disse di nuovo. Stavolta avvicinandosi finché riuscì ad uscire dal buio dove quella luce tintinnante era quella illuminata di Susy, che sembrava abbattuta, ma sempre attenta a quella voce. I suoi occhi si spalancarono e la guardò. E sì, era esattamente della stessa bellezza della donna che fu uccisa laggiù sul pianeta Keplero, tranne per il fatto che questa ragazza si distingueva per i suoi capelli rossicci e gli occhi completamente viola; una bellezza molto più esotica. In effetti, emanava un'aria da Shania Twain di Any . Uomo mia , ma con un'altezza che superava 1,80, e con lo stesso stile guerriero della ragazza delle stelle.

"Posso chiederti una cosa" mormorò Evans tra i denti, "il guerriero si voltò e pensò a qualcosa, subito si voltò e si appollaiò davanti a lei a un metro, e dal nulla, le diede uno schiaffo che fece subito impazzire Evans salta." alebrestara, e quando stava per alzarsi una voce dalla capanna chiamò il cacciatore che indossava un vestito simile a quello di Xena la principessa guerriera, ma completamente nera. Prima di allontanarsi dalla sua presenza, gli rivolse uno sguardo altero e arrogante, come a dire: "Spero! Che Kery vuole solo che ti sacrifichi agli dei. Susy deglutì, trattenendosi come meglio poteva. Inoltre non era in grado di fare una scenata dopo la pietà che l'omino gli aveva mostrato fino a quel momento.

È stato un lungo periodo seduto lì, che Susy ha perso la cognizione del tempo. Nel buio totale e senza accesso all'esterno, gli era difficile anche calcolare le distanze, ma del resto, a un certo momento, un cessare di rumore, forse dei motori, gli fece capire che erano arrivati nel luogo che era la destinazione di quegli esseri. A quel punto la paura si era dissipata, ma c'era ancora una domanda che gli correva incessantemente nella testa: "qual era l'interesse dell'uomo delle stelle a tenerla in vita? Forse è stata fortuna o come ha detto uno dei suoi fratelli, forse mi avrebbero fatto ridere in qualche circo in quel mondo in cui sono venuti. Ma cercava di essere ottimista, erano già stati salvati tre volte, e pensava che una quarta non sarebbe stata l'eccezione.

Quando finalmente le porte della nave si aprirono, un mondo arido molto diverso da quello di Kepler 45 apparve davanti a Susy. Sembrava privo di vita. Non si aspettava una cosa del genere, dopo aver visto la meraviglia del mondo in cui era stato ore prima, ma una voce interna gli disse: "basta sciocchezze Evans, se ti salvi la pelle con la tua, il resto sarà superfluo".

Stava morendo di fame e di sete. Erano già passati più di due giorni terrestri senza mangiare un boccone e uno senz'acqua. A volte immaginava un hamburger con una doppia porzione di carne accompagnata da patatine fritte e una generosa salsa chipotle; il suo preferito. Sperava solo che re Kery non fosse avaro come lo era sulla nave quando li aveva salvati. E almeno fornisci loro cibo qualunque sia la classe.

«Giù», ordinò la stessa voce aspra della cacciatrice mentre una rampa di due metri scendeva sul pavimento arido di quel mondo. Si sentiva prigioniera davanti a quella donna, non la rimproverava nemmeno, sperava solo che questo mondo avesse ossigeno, altrimenti sarebbe finita lì morta. Fortunatamente, la stessa cosa è successa a Keplero, tranne per il fatto che in questo mondo l'ossigeno era più scarso. Sentiva che i suoi polmoni lavoravano di più a ogni respiro, ma comunque sarebbe stata una questione di tempo per adattarsi, pensò. I suoi uomini sono scesi a 20 metri dall'altra nave. Una gioia indescrivibile la pervase, ed era reciproca da entrambe le parti. Senza perdere tempo furono condotti verso l'ingresso di una montagna rocciosa. Evidentemente sono entrati in un sotterraneo.

Un corridoio stretto e interminabile, illuminato su entrambi i lati da torce, che si estendeva almeno abbastanza a lungo da consentire agli umani di camminare da una parte all'altra. Hanno avuto il tempo di scambiarsi qualche parola del tipo: "Ti amo mamma, come me tesoro, andrà tutto bene, ci vediamo in paradiso ad ogni costo, non dirlo, mia cara...".

Dopo aver attraversato il lungo corridoio, apparve un gigantesco recinto con molte sezioni e passaggi. Sul lato sinistro si poteva vedere un trono o qualsiasi altra cosa dove probabilmente sedeva un re o chiunque fosse il capo in quel posto. Le navi all'esterno decollarono immediatamente in una direzione sconosciuta, e all'interno il resto dei soldati si perse nei vari corridoi che si diramavano in tanti, solo lo starhunter e un paio di soldati rimasero con gli umani. Il palazzo appariva vuoto e privo di cose, salvo alcune torce sui lampadari ai lati e sullo sfondo una rappresentazione di una figura umanoide con la faccia di un animale sconosciuto, forse una rappresentazione di un dio con la faccia di un pipistrello. Dopo averli osservati per qualche minuto, la guerriera scomparve dietro un corridoio che si trovava in fondo insieme a un paio di soldati che l'accompagnavano. Lì, al centro del recinto, Susy e la sua famiglia giacevano in piedi, i loro volti quasi riflessi nel pavimento di vetro del luogo.

"È un bene che stiano bene!" disse Evans, poi si abbracciarono. In quanto si abbracciarono, con la coda dell'occhio Susy; lo guardò. Indossava un elegante abito nero e un diadema proprio come sulla terra come simbolo di regalità. Era bellissimo dal punto di vista estetico, pensò Susy, nessuno lo accompagnava, veniva solo lui. Quando si sedette sul trono, la fissò per un paio di secondi, poi distolse lo sguardo e parlò davanti alla contemplazione attonita di tutti:

"Mi perdonerai per averli lasciati lì", disse, parole che risuonarono in tutta la stanza, come se fosse stata progettata per questo. Susy si limitava a guardarlo con uno sguardo furtivo che lui leggeva molto bene. Ma non ha voluto approfondire il motivo per cui l'ha fatto. —Penso che il minimo che posso fare per aver contribuito alla distruzione del loro mondo sia salvare le loro vite. Kyre allora ordinò qualcosa a uno dei suoi servitori.

—Sì, Vostra Maestà — disse una voce femminile uscendo da un corridoio dietro il trono — voglio che li conduca in un luogo di locanda e gli presti tutte le cure. "Qualunque cosa io ordini," rispose la donna. Per far rispettare immediatamente l'ordine, ma non prima che uscissero da un corridoio, gli occhi di Susy e Kery si incrociarono. Almeno in Kery re dei Baryus non era indifferente a guardare il bel viso ben diverso dai volti perfetti delle sue donne. Quella di Susy, gli suscitava una sensazione speciale che gli faceva non riuscire a smettere di guardarla.

Una volta nelle stanze, il timido giovane Baryus trattò molto bene gli umani, diede a ciascuno una stanza e quando fu solo con Susy disse qualcosa che la lasciò sbalordita, un'impressione che le ci volle un po' per assimilare.

—Ho sentito tutto quello che ti ha detto il mio re, signorina, ma ti dirò perché i suoi uomini sono andati a prenderti.

" A proposito... di cosa stai parlando?" Evans chiese esitante.

—Gli piaci, questa è stata la ragione che ti ha salvato. — Rispose frettolosamente mentre se ne andava in fretta, ma non prima di aver fatto loro sapere alle loro spalle che avrebbero dovuto aspettare un momento, che presto avrebbe portato loro cibo e vestiti.

La data

Evans era tormentata da domande, ne aveva molte...

Dove si trovavano era una specie di rifugio temporaneo, indubbiamente stavano fuggendo o cercando di nascondersi da qualcuno, sicuramente dagli stessi che hanno scatenato il terrore sulla terra. Il poco che avevo visto è che nonostante si trovasse su una montagna deserta, si estendeva probabilmente un paio di chilometri sottoterra. I sotterranei ospitavano centinaia di stanze per i guerrieri e ampi hangar per le loro navi. Susy e la sua famiglia si trovavano in un posto che sarebbe stato spazioso come due case sulla terra. Alla fine si erano fatti una doccia e avevano provato cibi strani, ma finalmente cibo dopo tanto tempo. Si sono persino sentiti strani a mangiare di nuovo e a passarsi il cibo. Sono state portate loro alcune prelibatezze, tuttavia, ci sarebbe voluto del tempo prima che si abituassero ai piatti croccanti di strani uccelli e ai piatti viscidi e appiccicosi. Nonostante i gesti di disgusto i gemelli si astenessero dal lanciare invettive e imprecazioni. Questi non erano tempi per scatenare i piagnucoloni come gli israeliti nel deserto ed essere spazzati via.

"L'hai visto, figlia?" Quanto è bello, non trovi? Annie insinuò con un lieve sorriso, mentre assaggiava una bevanda che sarebbe l'equivalente di un vino locale, ma di colore bluastro e dal sapore di uva marcia di 1000 anni fa. Susy si sentì arrossire perché non le piacevano per niente le insinuazioni amorose e molto peggio , sentirsi chiedere un commento. Non l'aveva mai fatto, l'aveva sempre evitato. In qualche modo, quando erano sulla terra, a un certo punto dopo tanti fallimenti, i loro genitori hanno capito il punto in cui hanno smesso di parlare di cose come: "Ehi tesoro, sai? la figlia dei Brown sta per sposarsi e ha la tua stessa età. Sai, Emily ha già un ragazzo. Quando ci darai la notizia Susy che ne hai già uno. Ci piacerebbe essere nonni eh! Spero che tu sposi un ragazzo che ti amava, e un lungo eccetera eccetera ".

-Seno! Non ho prestato attenzione ai bei ragazzi terrestri, pensi che abbia la testa per andare in giro a notare se un alieno è bello o no? si disse Susy, facendo una smorfia. Non rispose, cercò semplicemente di cambiare argomento, cosa che ci riuscì.

"Hai sentito cosa ha detto quel tizio di mamma," disse John, passando un panino che sembrava un pene con le gambe a cui sua madre guardò inorridita, ma trattenne una risata.

"Sì, tesoro," rispose, spalancando gli occhi, "almeno ci ha risparmiato la vita." Per un momento quando quegli esseri sono arrivati lì in quella foresta, ho pensato che... —prima di finire di dire, la giovane che era una serva vicina al re è entrata nella stanza, esattamente in una zona che sarebbe l'equivalente del cucina, e disse ad alta voce;

—Sono contento che ti sia piaciuto il cibo... Signorina Susy Evans. Il mio re vuole vederla oggi, quando il sole sarà tramontato. Ti aspetterà nelle sue stanze. Verrò a prenderti quando la sabbia nella ciotola nera dietro la tua schiena sulla statua sarà stata riempita fino in cima", indicò, poi se ne andò immediatamente. I servitori davano ordini rigidi come se fossero dei robot, non facevano emozioni , forse era il loro carattere, pensò Evans. Sua madre lo guardò con occhi indulgenti come per dire: "un appuntamento ehi, questa volta non puoi dire di no, come quando ti ho detto guarda! il figlio dei Marshall è perfetto, ma tu, sciocco, li respingi sempre".

Evans ha letto lo sguardo di sua madre e le ha dato uno sguardo sfacciato e buffo, come per dire; AHA! Cos'altro posso fare. Si voltò immediatamente per vedere la statuetta in piedi di un animale deforme che aveva dentro della sabbia che cadeva secondo dopo secondo, l'equivalente di una clessidra, pensò. Era nel mezzo, il che indicava che le restavano poche ore per essere portata da Kery il re.

— Cosa dovrebbe rendermi carina? mormorò a sua madre. scuotendo leggermente la testa. Gli sembrava ironicamente stupido dover assecondare i capricci del re, qualunque essi fossero. Anche se, in fondo, pensavo che sarebbe stato solo un appuntamento formale. Tuttavia, associava qualsiasi appuntamento all'amore e questo le faceva venire la nausea.

Quando finalmente la sabbia che cadeva lentamente dal contenitore ricoprì la statua, la stella che dava luce a quel mondo era sparita, sicuramente fuori si stava avvicinando il crepuscolo. Così fedele alla sua parola, il servo andò da lei e la portò via davanti agli occhi di sua madre e dei suoi fratelli. In qualche modo, le piaceva l'idea che lì sarebbero stati al sicuro con l'approvazione del capo, si disse Annie. Ovviamente, prima di tutto questo, a Susy venivano portati tutti i tipi di fard e vestiti, che in qualche modo si sentiva comprata, ma totalmente, fedele al suo stile, non esitava a farsi bella, non tanto per il re ma perché amava sembra carina per lei.

Il servitore la condusse attraverso un lungo labirinto, poi salirono su una specie di trasporto interno fissato a terra, come se fosse un trenino e la portarono a tutta velocità attraverso altri cunicoli segreti, per raggiungere infine un'enorme stanza dove c'erano un una manciata di guardie all'esterno che diedero immediatamente accesso a entrambi, ed entrarono.

"Vostra Maestà, eccola", si udì sopra un'ampia stanza coperta per metà da un'immensa tenda rossa. Dall'altra parte si udì la voce dell'uomo delle stelle. In quel luogo c'erano molti lussi strani, ma di buon gusto per Susy. "Falla entrare", disse, il servitore scostò la tenda e fece entrare Evans, poi si ritirò immediatamente.

"Non hai mai detto di essere re," chiese freddamente. Aveva una certa fiducia in lui, ecco perché è andato troppo oltre, prima ancora che Kery rispondesse, ha aggiunto, —hey! Perché ci hai lasciato lì abbandonati alla nostra fortuna? Sei un...

"Hai finito signorina?" - disse abbozzando un lieve sorriso per voltarsi subito verso di lei e guardarla per un secondo. "Non trovi che sia uno spettacolo bellissimo?" Ha aggiunto. Si vide che per un attimo il suo sguardo vacillò, evidentemente la bellezza di Susy lo ammaliava. Evans aveva una bellezza esotica di quei volti dolci che non puoi smettere di guardare. Il suo bellissimo cinese dorato era qualcosa di insolito nel mondo di Kery , e che dire di quegli occhi che lo incantavano.

—Pensavo fosse completamente sottoterra... ma vedo, hai una buona vista! -disse.

"Dai, vieni!" lei esitò per un secondo, ma gli obbedì dopo che lui le disse che le avrebbe detto alcune cose. Era un'apertura simile a un balcone sull'altro lato della gigantesca montagna di roccia da cui erano entrati. Dove si apprezzava una vista meravigliosa su canyon e orizzonti di difficile accesso. A un metro da lui guardò lontano. Non si sentiva più a disagio come la prima volta che lo aveva guardato. Nemmeno lei voleva essere così sfacciata e guardarlo da un metro che lo separava da lei.

"Perché volevi che venissi?" - chiesto. Kery prese uno strano bicchiere e lo bevve, poi ne alzò uno per Susy e le disse di bere. Per un momento si disse: "Non bevo alcolici". Ma che importava, forse in quel mondo non esisteva perché quello che sua madre beveva secondo lei aveva un sapore molto diverso dall'alcool, pregava solo che non fosse vino e finisse per fare una scenata ridicola.

—Ricordo che mi hai fatto un sacco di domande quando ti ho incontrato, quindi ho pensato, non sarebbe male se le conoscessi almeno in parte, voglio dire.

"Beh..." mormorò in quel momento.

"Non preoccuparti, ora ho tempo e voglio farlo", ha detto. Fissando in lontananza. Susy non disse niente e si limitò ad ascoltare. Aveva già perso il coraggio di averli abbandonati, ma è stata esortata a sapere tutto, non è così facile vedere il tuo mondo distrutto e poi uscire con un bel ragazzo di un altro mondo. ovviamente no!

— "Appartengo a una razza guerriera, che si vanta di distruggere mondi. Mio padre era l'ultimo orgoglio dei Baryu e il nostro mondo natale non è questo», disse. —Mi hai visto scappare sulla terra proprio come hai fatto tu e hai pensato quando hai capito che non ero umano, perché stavo scappando...? Bene. Mio padre", aggiunse con tono malinconico, "mio padre era malato, e nonostante fosse colpevole della distruzione di centinaia di mondi, io lo amavo", disse mentre una lacrima dai suoi occhi celesti provava per farsi strada lungo la sua guancia., ma si fece forte per non sembrare debole davanti a lei. Susy non lo guardò, ma capì dal suo tono di voce che quello era un momento difficile ed emozionante. —Mio padre stava morendo, e nonostante io fossi l'erede e il legittimo re al trono, c'era una colossale cospirazione tra l'élite del suo esercito che non si era mai verificata da quando ero nato, e così una mattina mentre dormivo nel mio palazzo hanno cercato di assassinarmi, anche se non ce l'hanno fatta, hanno ucciso tutta la mia famiglia. Sono scappato pensando che volessero solo la mia testa, ma mi sbagliavo. Se lo avessi saputo, avrei preferito morire lì per i miei. Ciò che mi ha ferito di più è stato quello dei capobanda di detto tradimento; Era la mia fidanzata e... —Quando lo sentì, inghiottì la saliva e lo guardò con la coda dell'occhio, poi riportò lo sguardo all'orizzonte, a quel punto le cose stavano tornando.

"Non volevo farlo, ma... Xiara , quella che è stata giustiziata a Keplero, era la mia fidanzata," disse quasi in silenzio, ma Susy riuscì ad ascoltare e sebbene lo intuisse già, sentendolo dal bocca dell'omino delle stelle era piuttosto inquietante e sinistro.

—Quando sono riuscito a fuggire, ho raccolto un contingente e sono andato a cercare i colpevoli nel palazzo di mio padre; abbiamo giustiziato quasi tutti, ed è stato allora che ho scoperto che Xiara mi aveva tradito. È fuggita pochi minuti prima su un'astronave. Non ce l'abbiamo fatta, ma uno degli ingegneri in orbita ci ha detto che era diretto verso il pianeta Keplero, a lungo usato come prigione. Non pensavo che sarebbe sopravvissuto a causa delle tribù ostili che ha incontrato. Anche se in quel momento la mia preoccupazione principale era fermare il capo del piano: il suo amante", ha confessato. Era già abbastanza imbarazzante per Kery essere stato tradito e menzionare "amante" era molto peggio, in un'equazione a tre in cui lui era il perdente. — A quel punto ho sentito che probabilmente era morto ore prima, quindi mi sono avventurato sulla terra su alcune navi con un contingente. Il punto è che Karl, comandante supremo e amante della mia fidanzata, si stava dirigendo verso la terraferma, per conquistarla nonostante mio padre in vita non abbia mai voluto sterminarla perché gli sembrava una razza estremamente interessante. Ma, prima di allora, aveva già dato l'ordine di giustiziarmi a palazzo. E così quando sarebbe tornato, sarebbe stato incoronato re supremo. Al suo comando portò l'esercito quasi al completo che era diviso prima di raggiungere la terra perché andavano a conquistare anche un altro mondo a pochi giorni luce dalla terra.

"È... è incredibile," disse Susy, quasi incredula di quella storia a cui non avrebbe creduto se non fosse stato perché gliel'aveva raccontata.

"Ma perché ci hai lasciato lì sul pianeta sapendo che poteva essere pericoloso?" chiese, pur sapendo che, come diceva sua madre, non erano suoi, e non aveva nemmeno l'obbligo di proteggerli.

"Quando mi stavo dirigendo verso la Terra, mi è stato detto che Xiara era viva perché la nave emetteva impulsi intelligenti, probabilmente cercando di inviare messaggi al suo amante. Ho dato l'ordine che andassero a prenderla e la giustiziassero, ovviamente in un mondo colossale ed enorme come Keplero non sarebbe stato facile trovarla, poiché il segnale è presto scomparso. Lo sapeva, ecco perché l'ha dissipato; aveva paura che la rintracciassero. —Ha confessato. —Quando arrivammo in quel mondo (Kepler) i miei uomini le stavano già dando la caccia, e quando li lasciai, stavano guardando dall'ombra, erano consapevoli e non avrebbero permesso a nessuno di far loro del male, perché avevo già parlato con loro. "Evans era sbalordita, non riusciva a credere che l'uomo delle stelle, come preferiva dire, avesse fatto tutto questo per lei", ha detto arrossendo. Inoltre non voleva pensare a cose che non sarebbero accadute. Ma in fondo, ero totalmente grato, perché lo sapevo: scosse la testa e scacciò pensieri ridicoli.

-EHI! - sussurrò all'improvviso, ma perché stavi andando sulla terra? cosa stavi facendo? Forse...? Lui annuì come se avesse letto i suoi pensieri.

—Quando sono nato, mio padre ha voluto che fossi uguale a lui in quanto sanguinario e amante della guerra, ero il suo unico maschio e di cui tutto Baryus è fiero perché sono simboli di guerra. Ma sin da bambino non ho mai mostrato uno spirito sanguinario di sterminio di mondi come tutti i bambini sono instillati, e questo nonostante io sia classificato come il guerriero più abile del mio mondo. Faceva stare bene Susy ogni volta che stava con lui, anche se non significava niente. Lo guardò per momenti con uno sguardo titubante, era bellissimo, una vocina incessante le diceva che non si sarebbe fermata, e aggiunto alla sua storia lo rendeva ancora più irresistibile. —Quando ho saputo della terra ero un bambino, forse 8 anni. Gli esemplari sono stati portati a mio padre e lui amava analizzarli, non ha mai permesso che venissero torturati a differenza di altre razze simili. Avevano qualcosa che li rendeva diversi, disse. - Quando ho scoperto che il tuo mondo sarebbe stato sterminato dal divoratore, come viene solitamente chiamato l'ordine di Karl, sono rimasto inorridito e ho cercato di impedirlo, ma siamo caduti in un'imboscata nei cieli, e la maggior parte se non tutti; furono uccisi. La mia nave si è schiantata a pochi chilometri da dove li avevo trovati, poi ne ho uccisi un paio e ho preso quella nave, ma..." Si interruppe bruscamente e fece un respiro profondo , sembrava che qualcosa l'avesse messa a dura prova.

- Cosa sta succedendo? disse piano Evans.

"Niente, solo quello... non sono riuscito a salvare il tuo mondo," affermò malinconico come se si vergognasse della sua stessa razza. "L'esercito segue ciecamente Karl perché è spietato anche più di mio padre. Tutti li seguono ciecamente. Pochissimi mi hanno seguito... e sono pochi quelli che mi sono fedeli nell'esercito, non so se..." si fermò ancora e deglutì, "non volevano avere un re debole, un re chi... scusa, ma...

" No no ..." Capisco, continua.

—Non sono a conoscenza di questo posto almeno per ora, ma non lo permetterò...

-Che cosa stai facendo? Susy alla fine chiese preoccupata, perché in quel momento, da quello che sapeva, sapeva che se fossero stati trovati, si sarebbe sicuramente tagliata la gola con la sua famiglia insieme a tutti i presenti.

"Annichilisci Karl", rispose con rabbia, "non ti ho ancora detto tutto", disse. Si voltò a guardarlo, pensando "non è tutto", ma quello che mi hai detto è troppo, che il mio cervello sembra esplodere per così tante cose."

"Karl ha ucciso mio padre la notte in cui ha dato l'ordine di giustiziarmi ed è venuto sulla terra. È sempre stato un traditore e non solo per questo, ma anche perché ha ucciso tutti i miei... Non ho nessuno adesso", ha rivelato, facendolo rompere a volte mentre si allontanava dal balcone e si voltava verso un piccolo altare che era alla sua sinistra, probabilmente di una loro divinità primordiale.

— Stai bene? Ha solo annuito dicendo che non c'era niente che non andava. Poi ha premuto un pulsante che era sulla parete di roccia e qualcosa ha coperto il balcone dall'esterno, forse qualcosa di simile alla roccia stessa della montagna, forse per non farsi scoprire da lontano. Il pomeriggio era già incombente e le stelle tintinnavano nel cosmo al di fuori di quel mondo. Susy per un istante avrebbe voluto abbracciare e trattenere un'azione parallela a quella che faceva sulla nave quando le dava un bacio fugace sotto il petto, ma esitò e si fermò. Era alto e Susy gli arrivava al petto. Se qualcuno sconosciuto li guardasse, penserebbero che sarebbero la regina e il re; qualcosa di molto lontano dalla realtà.

"Penso che dovresti andare a riposarti dopo tanto," acconsentì lei, lanciandogli subito uno sguardo dolce ma fugace come se pensasse: "Spero che questa non sia l'ultima volta che lo vedo." Le fece cenno che l'avrebbe accompagnata all'uscita, fuori la servitù la stavano già aspettando.

Distruzione _

I giorni seguenti furono un turbinio di emozioni da parte di Susy. Veniva chiamata ogni sera per fare delle passeggiate lungo alcune zone del bunker. Annie ei suoi figli erano finalmente in pace dopo tante disgrazie. Non ha mai voluto far capire a sua figlia che piaceva al re. Sapeva quando a un uomo, qualunque sia la sua origine, piace una donna. C'era dell'altro negli occhi di Kery e, come una buona madre, nutriva l'illusione che Susy lo avrebbe accettato quando fosse arrivato il momento.

I giorni volarono ed Evans iniziò a provare emozioni che non aveva mai provato, le combatté, una parte della sua mente si aggrappava alla signora di ghiaccio che diceva imprecazioni e imprecazioni come: "Non voglio amare, è per sciocchi. Non ho bisogno di nessuno per essere felice. Non voglio sentirmi ridicolo a cedere e non cedere per conquistare qualcuno. Non voglio arrivare a quel punto in cui non si può tornare indietro e sto piangendo come una stupida". "È che l'amore è qualcosa come una palla di neve, una volta che inizia a scendere nulla lo ferma, e non voglio essere preda di emozioni dove in linea di principio la chimica gioca molto." Cose del genere sono successe più e più volte. Tuttavia, la sensazione della sua pelle in ogni saluto, i loro discorsi, la loro compagnia, tutto questo, gli faceva sentire il contrario; Bene. Mentre l'altra Susy voleva sentirsi amata, voleva provare per la prima volta quella bellissima sensazione che prova ogni adolescente che conosce il suo primo amore, voleva conoscere l'intero spettro dell'amore se possibile, indipendentemente dal fatto che provenisse da un altro mondo. Ma evidentemente c'era sempre in lei un equilibrio che non permetteva alle emozioni assurde di prevalere. Kyre era diverso nonostante fosse riluttante quando si sono incontrati per la prima volta, era dolce ma fermo.

" Signorina ", disse una mattina il servitore, " il mio re vuole uscire con te a fare una passeggiata " , sentendolo, i suoi occhi si illuminarono dopo che Kery aveva trascorso giorni fuori dallo spazio con i suoi uomini, forse su pianeti dove aveva persino alleati che gli erano fedeli. Secondo quanto le aveva detto, stava radunando guerrieri da molti mondi che li avrebbero aiutati a sconfiggere Karl il tiranno che ora si ergeva come re assoluto del Baryus .

-Mi hai chiamato? disse in sua presenza, cercando di apparire disinvolta, ma nei suoi occhi c'era la fiamma dell'interesse. Quanto a lui, quando la guardò, il suo viso si illuminò e sorrise maliziosamente. Restituì lo stesso sguardo dal profondo della sua anima, anche se non con il viso. Voleva mostrarsi com'era, e se voleva conquistarla, avrebbe dovuto fare l'impossibile, perché il suo cuore non avrebbe ceduto ai sorrisi.

" Non voglio che vada nessuno ", ordinò a un gruppo di soldati all'interno di una specie di hangar dove c'erano decine di astronavi da guerra, una grande e l'altra piccola. Kery e Susy entrarono in una piccola e uscirono attraverso un accesso di montagna alla vista incessante e malefica della ragazza delle stelle, quella guerriera che portò in vita Susy dal pianeta Keplero. Non le piaceva che il re si stesse affezionando all'umano, il suo sangue ribolliva per il modo in cui il suo viso veniva apprezzato. E da lì guardò mentre il suo amore platonico si perdeva; Kyre , quello che non lo aveva mai guardato con occhi che andavano oltre l'amicizia. Tanta lealtà per niente forse pensava, e non era così inverosimile con le idee nella sua mente, pensò.

"Vedo che al re è piaciuto."

— Basta ! disse Asualy a uno dei suoi subordinati che guardava l'orlo dell'apertura da cui era uscita la barchetta . Lei strinse i denti per la rabbia. In lei era già consumato l'odio nel suo cuore, quell'odio malsano che proprio come Giuda aveva varcato quella barriera; quando pensi e agisci e quando agisci e ti penti a un certo punto, ma non c'è ritorno. Asualy in un impeto di odio ha fatto l'impensabile, è che a volte la lealtà è condizionata dai nostri cuori e questo è successo a lei.

"Preferisce uno sconosciuto ," sussurrò, il suo subordinato annuì di lato.

" Vuoi che lo faccia?" Borbottò , lei si girò un po' verso di lui. Pochi secondi erano come eternità nella sua mente per fare quello che stava per fare. Asualy era stata creata fin dall'infanzia come guerriera di prima classe, vicina alla famiglia reale, e per alcuni anni aveva fatto parte del gruppo di sicurezza di Kyre per la sua lealtà a lungo collaudata. Kery le aveva sparato in solitudine , ma lui non l'aveva mai guardata come Xiara , la figlia di un comandante. Si è sempre sentita la seconda migliore, come quella che era lì, ma non le ha mai prestato attenzione. E forse, questo ha fatto vacillare la sua lealtà nei suoi confronti, e vederla con l'umano molto attaccato è stata l'ultima goccia. Sapeva che restare lì sarebbe stato un dolore per la sua anima ogni giorno. È che solo chi ha veramente amato in segreto capirà Asualy .

—Un gesto di approvazione verso il suo subordinato ha condannato la sua decisione. Abbozzò un sorriso e iniziò così un altro incubo.

— Mamma! sai qualcosa? ieri abbiamo suonato con alcuni ragazzi dall'altra parte della montagna nel bunker...sai! suo padre ci ha guardato e ha detto che presto potremmo diventare guerrieri. Disse John , mentre l'altro gemello guardava sua madre in cerca di approvazione, ma poi il suo viso si restrinse mentre sua madre gridava: " No. Assolutamente no". Non sarai il guerriero di nessuno. D'ora in poi ti avverto. - condannato.

I gemelli si voltarono per vedersi, sapevano che quando la mamma diceva di no, era no, e non un, ma l'ha tirata fuori da lì. Non restava che rassegnarsi e aspettare che il tempo facesse il suo lavoro.

"Mamma, ma la vita qui è molto noiosa, almeno c'era un posto dove camminare, ma qui... non voglio vedermi rinchiuso in questo posto per il resto della mia vita", borbottò suo fratello gesticolando in segno di approvazione. -Caro! Sai cosa ci ha raccontato tua sorella su tutto quello che è successo sul pianeta Kyre . E se non siamo qui potrebbero trovarlo, e quindi sai cosa potrebbe succedere a...

"Lo so mamma, ma...

"Niente tesoro, è per la nostra sicurezza, poi abbiamo tutto qui" aveva detto.

Quando stavano appena iniziando a parlare di un altro argomento, all'improvviso un violento tremito iniziò a farsi sentire all'interno del bunker. Annie si alzò dalla sedia in soggezione con i suoi figli che cercavano di trovare una via d'uscita. Non immaginavano nemmeno il terrore che sarebbe venuto. All'improvviso, il tremito cessò e fu allora che l'orrore divenne presente; Urla agghiaccianti si udirono andare e venire per tutti i corridoi di roccia. Inorridita, Annie chiuse il portello di quella stanza. Non sapeva cosa stesse accadendo, ma non voleva andare a indagare verso le urla di terrore che si sentivano . Immediatamente, alla porta i gemelli l'aiutarono a collocare l'altare di pietra di quel dio primordiale che era accanto alle stanze dove si portava il cibo. A quel punto, erano sicuri di una cosa, ed era che qualcosa stava causando terrore là fuori e non erano amici. Sfortunatamente, non c'era via d'uscita per lui per scappare da qualunque cosa ci fosse là fuori. Annie pregò un dio diverso da lei, ma non ci fu risposta. Sapeva che qualcosa non andava. I suoi figli non hanno fatto altro che abbracciarla e far crescere la paura di salvarli come madre. All'improvviso fuori si udirono dei colpi incessanti, non erano loro, erano voci diverse in una lingua arcaica. Ed erano ostili .

Era stato un bel viaggio dall'altra parte del pianeta. Evans si sentiva in parte felice, sapeva di non essere disposta ad amare nessuno, ma indubbiamente lui la faceva stare molto bene e questo bastava.

"Susy, ho pensato molto a come dirlo," disse Kery , "ma," lo guardò stupita, "dai amico!" cosa sta succedendo? noi non siamo amici? Account.

"Sì... ma..." sussurrò. Ha interrotto bruscamente ciò che voleva confessare. Susy non aveva idea di cosa volesse dire, ma era curiosa di tutto ciò che usciva dall'uomo stella. Tutto sembrava interessante in lui.

—Non ho mai pensato che... niente. borbottò, e improvvisamente si fermò di nuovo, ma questa volta arrossendo leggermente.

"Così tanto per questo, Kery ? " urlò, ridendo allo stesso tempo.

Susy era quella ragazza allegra e irriverente che Kery amava. Era così, senza tante banalità al mondo. Amava il fatto che lei non lo trattasse come la maggior parte; con la paura, o con tanti protocolli consuetudinari che i suoi sudditi ereditarono per la grande paura instillata dal padre, il tiranno che per decenni divorò il mondo.

" Che ne dici di andare?" aveva proposto. - La notte sta arrivando e...

"Hai paura della notte?"

-Non stupido! Ha confutato scherzosamente. All'improvviso le afferrò la mano. Azione che le fece spalancare gli occhi a terra, poi lo guardò con occhi sorpresi e pensò: wow! e adesso che fai?

-Sapere? - disse, mentre apriva il palmo della mano e giocava a disegnare lei stessa qualcosa. Era paralizzata, e più a causa di quello che poi le disse: "Mi piaci". Qualcosa di impensabile per Susy sentirlo, nemmeno nei suoi sogni più terrificanti l'avrebbe immaginato, è quell'udienza che è stata una bestemmia per lei, beh, almeno per la Susy che si rifiutava di amare. Deglutì a fatica e cercò di dire qualcosa, ma non ci riuscì, poi allontanò la mano arrossata.

"Scusa, non intendevo...

"Non importa, andiamo," indicò mentre lei sedeva su una sedia e lui su un'altra. Quella barca circolare di due metri per quattro era troppo piccola per l'imbarazzo che provavano entrambi. Evans voleva scomparire in quel momento per la sua reazione infantile e sicuramente per la sua audacia. È solo che rifiutare un tale re è stato piuttosto sciocco! ma l'altra Susy sullo sfondo rideva e lanciava insulti di vittoria , nel momento in cui la nave prendeva il largo verso il bunker.

A metà strada verso il bunker un debole segnale all'interno del sottosuolo disse a King Kery di scappare! che lo stavano aspettando. Che erano stati tutti uccisi, per non avvicinarsi e voltarsi subito. Quando lo sentì, divenne freddo e immediatamente la nave circolare discese a una velocità impressionante per atterrare nel mezzo di un canyon desertico con una geografia inaccessibile.

" Cosa c'è che non va?" — Susy aveva chiesto con un certo sguardo perplesso, lui distolse lo sguardo da lei e lasciò cadere entrambe le mani sul pannello di controllo della nave, — no! - esclamò - no... - che c'è? chiese ancora, lui si limitò a darle un'occhiata e si voltò di nuovo, per riprovare a ristabilire la comunicazione nella sua lingua verso il bunker, azione estremamente pericolosa per il tracciamento di segnali che forse stavano facendo per trovarlo.

-Riesci a sentirmi? Qualcuno mi ascolta lì?

"Sono Maily , sto morendo... credo di essere l'unico rimasto in vita mio re, sono stati tutti annientati..." rispose ansimando come se stesse esalando l'ultimo respiro... "Chi ?"

"Erano... ahhhhh ," prima di rispondere si udì uno scricchiolio di ossa e il suono del dolore svanì dall'interfono di Kery , qualcuno aveva finito di uccidere quell'uomo che stava cercando di avvertire il suo re. Si è reso conto. Susy intuì che qualcosa non andava dal volto sconcertato che mostrava Kery . Ecco perché gli ha chiesto di nuovo cosa stava succedendo? kery non voleva dirgli la verità per la sua famiglia. Ma alla fine le stava dicendo; azione che ha lasciato Susy Evans con il cuore spezzato e abbattuto. Voleva tornare indietro, ma Kery gli disse che lo stavano aspettando e che sarebbero dovuti scappare immediatamente. Perché presto schiere di astronavi avrebbero attraversato l'intero pianeta alla loro ricerca. Non era un'opzione per tornare.

-NO. Gridò con tutte le sue forze: "No". Mia madre, mia...” sussurrò mentre le sue lacrime scorrevano grosse e l'impotenza la sopraffaceva. Sentì un groppo in gola, avrebbe voluto piangere forte, ma qualcosa glielo impediva, anche se non sapeva cosa. Sapeva che questo poteva accadere, ma non così presto, si erano sempre promessi l'un l'altro che se stavano per morire sarebbe stato insieme, e sarebbero andati in paradiso insieme. Ma la vita non è così, tutti se ne vanno quando è il loro turno e quando è il momento, pensò.

Kery improvvisamente l'abbracciò forte. Era il primo abbraccio che le dava e sentiva un sollievo sotto il petto che corrispondeva al suo abbraccio. Si sentiva protetta sotto le sue forti braccia. Non ci furono parole per molto tempo solo lacrime da lei in silenzio. Kery sapeva che era ora di scappare, sapevano che lui sapeva che qualcuno aveva sterminato i suoi uomini ed era solo questione di tempo prima che lo trovassero.

"Mi dispiace, ma... Dobbiamo andare, Susy," ordinò.

-Ma. Mio... lui mosse leggermente la testa e la guardò dritto negli occhi, ed esclamò: "Sono sicuro che fosse Karl, non permettono a nessuno..." immediatamente smise di abbracciarla e si sedette al posto di comando principale. Lei, rassegnata e con tutto il dolore per la perdita dei suoi cari, fece lo stesso, e la nave partì a una velocità impressionante verso le stelle.

È amore?

"Perdonami " si sentì dire Kery , sconcertata, nell'altro sedile del passeggero a un metro e mezzo di distanza Susy piangeva dentro, non era una sentimentale, ma quello che significava perdere la famiglia avrebbe spezzato anche i più forti. La sua mente vagava e non riusciva a credere di essere l'unico essere umano nell'intero universo ancora vivo. Anche se, a quel punto, non le importava di essere uccisa. Le stelle sfilavano ai lati come se fossero metri di passaggio, anche se erano milioni di anni luce. Non gli importava del suo futuro adesso, quando non c'è un motore con cui vivere, è risaputo che il cuore dell'uomo tende alla resa e in molti casi al suicidio. Susy, ovviamente, non avrebbe fatto quest'ultimo, ma sul suo volto si leggevano obiezioni del tipo: "mi avresti lasciato lì, per tutta la vita".

Kery non ha detto niente forse per un giorno nello spazio profondo. Non voleva disturbarla, perché ha passato la maggior parte del tempo a piangere in quello che era un bagno sulla nave.

"Devi mangiare Susy" disse attraverso la porta dello scompartimento "Non ha emesso un suono, ha solo scosso la testa dicendo che non aveva fame e l'ha richiusa. Ma pochi minuti dopo andò alla capanna, forse rassegnata all'idea che quello che era successo lì su quel pianeta fosse qualcosa che le era successo o che non era mai successo.

"E dove stiamo andando con tutto questo?" — chiesi ironicamente alle sue spalle, sembrava anormale scappare dopo aver perso tutto, ma l'omino delle stelle la consolava con —la tua famiglia sarà vendicata col fuoco— lei si voltò a vederlo e i suoi occhi brillarono. Ora la vendetta aveva un senso ed era qualcosa che voleva vedere prima che arrivasse la morte . Voleva in qualche modo distruggere coloro che avevano annientato il suo mondo e la sua amata famiglia.

"Ma come lo farai?" il tuo esercito era..." affermò senza finire la frase con lo sguardo dritto davanti a sé, molto concentrato su milioni di anni luce dove miliardi di stelle danzavano in jingle.

"Ricordi quando ti ho detto che stavo stringendo un'alleanza con mondi che sono stati conquistati e poi quasi interamente distrutti. - Ha confessato. "Bene, i giorni precedenti quando ero assente..., ora andiamo ad Aunia , il mondo dell'alleanza come lo conosciamo, nessuno ci troverà per ora lì, ma..." rivelò senza finire di dire quella frase, quando qualcosa li disturbò remotamente in lontananza, ed erano mondi che bruciavano in esplosioni termonucleari a migliaia di chilometri luce di distanza.

-Non può essere! disse Kyre , perplesso , il che rese strana la sua reazione.

"Ma perché sei sorpreso?" è l'universo nella sua danza di creare nuovi mondi— aggiunse Susy, lui rispose turbato:

"L'ho già visto... Questo non è l'universo. La dozzina che vedi in lontananza sono mondi e hanno mantenuto una vita intelligente, e ora stanno diventando... è lui.

"Cosa sta succedendo là?" — chiese di nuovo come una ragazza un po' sorpresa.

"Stanno distruggendo i mondi che conoscono con bombe termonucleari così potenti che possono facilmente distruggere la vita su un mondo. Ha dichiarato disturbato.

—Ma, proprio così?

— Per me, perché siamo fuggiti, mi dispiace per loro, ma non si fermeranno, pensano che distruggendo mi distruggeranno perché forse credono che io mi nasconda in uno di quelli.

-È terribile! disse Susy laconica. Era inconcepibile per lui che una razza fosse troppo crudele per distruggere mondi come il burro. In quel momento, si rese conto di quanto fosse potente la razza Baryus e che il bel ragazzo alla sua sinistra era il legittimo re. E che ironicamente si ritrovò a scappare da loro. Sapeva che uscire con lui era un rischio elevato, ma allo stesso tempo le piaceva esserlo. Si era affezionata a lui come al ragazzo che tutti vogliono come amico.

Ci sono volute molte ore luce perché la nave attraversasse lo spazio profondo per raggiungere finalmente la sua destinazione: il pianeta Aunia , un pianeta con una stella morente di luce insufficiente, e con un'atmosfera povera di ossigeno, ma ancora respirabile.

"C'è vita in quel mondo?" chiese perplessa dallo sconforto. Prima di arrivare, non aveva immaginato un mondo così ostile e terrificante di ombre cupe e oscurità ovunque.

"Laggiù c'è la nostra salvezza", rispose, "in questo mondo che nessuno conosce ci sono i leader che, come te, vogliono vedere Karl il distruttore annientato".

"Capisco, almeno mi dà speranza sentirlo", ha detto, "ma sai, questo sembra ancora un sogno da cui presto mi sveglierò", aveva commentato tra le risatine, qualcosa che sembrava incredibile lui, visto che non la vedeva sorridere da giorni. "Quando ero sulla terra ho sempre immaginato di farlo.

"Dovresti?"

" Ujum , non l'avevo mai pensato..." commentò senza finire il suo pensiero.

—Cosa non hai immaginato? - Ha subito dato un'occhiata ai suoi begli occhi, nella sua mente ha detto: "Sei stupido", non immaginavo che tu fossi lì, lì nelle stelle ad aspettarmi". — Improvvisamente tornò alla realtà, — non dimenticare nulla.

—Con ciò ti ho guardato negli occhi? mmmm .

"Cosa hai guardato?" lei ha confutato.

"Niente, non rispondo neanche io" e risero insieme. Sapevano benissimo di aver superato la barriera dell'amicizia che stava iniziando. La nave atterrò sul lato oscuro del pianeta, dall'altra parte la stella morente Arlat43 illuminava appena il suolo di Alunia . Lì in quella zona Kyre ha confessato qualcosa di incredibile.

"Sai, mia madre era responsabile della mia creazione di empatia per le vite che erano più deboli di noi. Ho sempre odiato quando mio padre e il suo esercito conquistavano e distruggevano mondi. Lo odiavo con tutta l'anima, mentre i miei cugini desideravano crescere per fare lo stesso. Mia madre lo odiava e sai perché? Scosse la testa, "Mia madre era umana proprio come te", "Cosa?" esclamò, spalancando gli occhi. Sembrava un po' folle sentirlo; " La madre umana di Kyre , ma."

«Come ti ho detto, mio padre aveva una certa nostalgia per gli umani, e questo è il motivo per cui non ha mai voluto distruggerla. Mio padre aveva cinque mogli, quattro Baryus e lei; mia madre. Ed è sempre stato il suo preferito nonostante quanto fosse spietato mio padre, l'amava.

Susy non riusciva a crederci, era sbalordita, sembrava di essere immersa nei capitoli di un film dove ogni volta uscivano nuovi scoop, —Wow! non avrei mai immaginato che...

"Credici.

-E tu sei...?

"Esatto," concordò. Anche il sangue umano scorreva nel suo sangue di guerriero. E Susy non sapeva che parole dirle. Era qualcosa di inconcepibile, vedeva già perché li aveva salvati sulla terra, questo pensava.

Dopo quell'insolita confessione da buon amico, la nave stava scendendo inviando segnali a terra che si stavano avvicinando.

Nonostante la tecnologia avanzata posseduta dalla maggior parte dei guerrieri che Susy guardava, usavano una classe di spade Zulfikar . Rimase anche impressionato nel vedere la fratellanza che si andava sviluppando su quel pianeta tra l'ordine e i piccoli capi che componevano la cosiddetta alleanza di cui Kery era il principale, che avrebbe recuperato la legittima posizione di re sul pianeta Baryu se dovevano sconfiggere il temibile Karl, che aveva l'esercito più potente della sua galassia.

Kery ha salutato tutti in un enorme locale grande come uno stadio di calcio. C'era un grande tavolo e centinaia di tavoli attorno e Kery era al centro e parlava una lingua straniera per l'umano. Susy lo guardò con occhi lucidi pensando a cosa stesse parlando. Anche se questo non gli importava affatto, a dire il vero. Gli importava solo guardarlo. Susy si era innamorata, le farfalle le svolazzavano nella pancia, provava quella stupida sensazione che prima criticava e ora la sentiva e l'amava. Non ha mai voluto essere separata da lui, disse una vocina nella sua testa. In quei momenti ricordò una citazione di un poeta cinese del XVII secolo di nome Xet Xing che diceva: "anche il potente cade cedendo all'amore, così accadde a Napoleone, e così accadrà a chiunque abbia un cuore". In quei momenti in cui lo guardava da lontano, riconosceva che sarebbe stato impossibile scappare da quel sentimento per il resto della sua vita, e wow! che alla fine ne era caduto preda.

So che ci rivedremo perché ci amiamo

C'erano molti strani esseri con corpi umanoidi, ma con morfologie e aspetti sinistri, anche se Kery le aveva detto che non doveva temere, che erano amici e che non doveva temere per le loro apparenze. Susy, dall'altra parte di un vetro, assisteva incessantemente all'incontro, dopodiché uscirono nelle loro stanze distribuite ai piedi della montagna rocciosa di quel lugubre pianeta. C'era un enorme palazzo e lì entrarono, c'era persino un sontuoso trono che fedele alla sua parola, Kery disse che non avrebbe usato nulla di ciò che faceva suo padre umiliandoli sui loro stessi troni, sedendosi alle tavole dei loro re e bevendo il vino dalle loro coppe. Kery prendeva spazio qualsiasi, la pomposità non attirava la sua attenzione, era umile e questo lasciava stupita Susy, che non avrebbe mai immaginato di incontrare una persona così potente e così.

In quel mondo passavano i giorni e le settimane, e l'effetto affiorava in entrambi, il sentimento era reciproco; a loro piaceva. E anche se non glielo avessero detto, almeno Susy non voleva farlo, ma sarebbe dovuto arrivare il momento, forse non ci sarebbe stata un'altra occasione dopo quello che sarebbe successo.

"Perché un ometto così premuroso?" - chiese un giorno Evans delineando un dolce sorriso giocoso mentre entrava nel secondo ricettacolo della stanza di Kery , il suo era dall'altra parte di fronte. Sembrava triste quanto malinconico, "Non voglio lasciarti in questo posto ", esclamò improvvisamente.

"Di... di cosa stai parlando?" chiese sorpresa.

"La guerra ", esclamò, alzando lo sguardo da dove era seduto. Sapeva più o meno che era una questione di tempo prima che accadesse.

«L'alleanza ha riunito un degno esercito per affrontarli », dichiarò, poi sospirò e non disse nulla. Quei secondi di silenzio sembravano eterni a Susy.

"Non preoccuparti per me, ti aspetto qui sciocca, vincerai " commentò convinta Susy, anche se la sua faccia indicava piuttosto che non si poteva tornare indietro, come pensava; È una battaglia persa, o almeno andremo a mantenere il nostro orgoglio. Nella mente di Kery , quello che stava accadendo non era incoraggiante, almeno se il suo bel viso lo faceva sentire, anche se sorrideva un paio di volte, in quel momento non sembrava genuino.

—Ti porterò sul pianeta Azuir, è un pianeta vergine che loro non conoscono, non c'è vita intelligente, assomiglia anche molto al tuo mondo, in cui potrai sopravvivere— indicò —alcune ragazze e i ragazzi verranno con te...

"No, non Kery " le lanciò uno sguardo angosciato come se implorasse "no". Non andrò in quel mondo, verrò con te," disse, alzandosi energicamente e affrontandolo.

"Non complicare le cose, Susy " , la rimproverò. Kery si alzò, non volendo apparire malinconica e preferendo uscire dalla stanza a passo sostenuto. Quella notte non la guardò più. Susy si immobilizzò, poi guardò a terra come se fosse sconfitta. Si sentiva più che impotente. Perdi il tuo mondo, passa di perdita in perdita; dalla sua casa alla sua amorevole famiglia , era troppo per lei, e ora l'unico che poteva proteggerla se ne stava andando. L'unico che poteva amare sarebbe partito presto per una destinazione incerta. Non riusciva a farsi venire l'idea di perderlo, doveva esserci qualcosa che poteva fare, pensò, ma per quanto facesse, nella sua mente non appariva nulla di pratico e realistico.

gridò Kery giorni dopo su una delle stanze principali del recinto reale di quel pianeta che era totalmente solo, e le stanze delle stanze solo per loro.

-Cosa sta succedendo? — disse appoggiandosi su una sedia mentre cercava di fare una collana rudimentale, — perché hai quella faccia? — chiese, guardandolo per un attimo e poi continuando con quello che stava facendo.

"Non voglio dirtelo così, ma... parto domani," sbottò, facendo sussultare e sussultare Susy, che in fondo cominciò a piangere. Non poteva permetterglielo, ma voleva farlo, chi non lo farebbe per il suo amante?

—Perché gli altri non possono venire al tuo posto, Kery?

-È mia responsabilità. Devo guidare l'esercito; Hanno bisogno di un leader, e quello sono io. — Evans non sapeva cosa fare, quella notte era l'ultima notte in cui l'avrebbe visto nella peggiore delle ipotesi se...

" Kery, per favore," disse singhiozzando, evidenziando il suo dolore, che Kery realizzò e chiese, ma ciò che contava in quel momento non accettare il suo amore.

-Tu piangi! ma perché?

- Perché ti amo! Sì, lo so", esclamò ad alta voce, "lo so. So di essere stupido ad essermi innamorato di te, non avrei mai pensato... Ho lottato per non farlo, ma ogni volta che ti ho parlato, mi hai salutato; Mi hai fatto sentire speciale, mi hai fatto sentire quello che non avrei mai voluto provare con nessuno nel mio mondo. Solo tu eri capace di... quello che mi ha fatto innamorare di te per il tuo carattere, per quanto sei carino, per tutto. Sei unico Kerry . Non potevo innamorarmi di nessuno tranne te — confessò tra le lacrime mentre gli si avvicinava dai tre metri che li separavano e poi lo abbracciava forte come non aveva mai fatto prima. Lui fece lo stesso, e le sussurrò due volte all'orecchio : "Susy mia cara Susy... anche tu sei l'amore della vita". Quando lo sentì, il suo cuore batté nel suo petto che lo fece guardare negli occhi che brillavano luminosi, subito dopo si fusero in un lungo bacio... un bacio che finì per consumare l'amore nella stanza.

L'amore è qualcosa di così incerto, inizia con cose banali per finire col cambiare la tua struttura, i tuoi gusti, tutto... -.

Ore dopo

"È ora di andare", disse Kery la mattina presto, quando la stella di quel mondo stava appena sorgendo all'orizzonte. Era ancora buio, ma Kery sapeva che il momento che aveva sempre temuto era arrivato. —Ti porteranno sul pianeta di cui ti ho parlato, amore mio.

"Amore mio", quella parola rimbombò dentro Susy. Non riusciva a credere che lui la chiamasse amore ai piedi del letto dove ore prima aveva consumato l'atto più bello. " Kery , sai una cosa? A volte penso che non sia reale, ma quando ti guardo vedo che sei reale come i miei sogni più belli", disse con gli occhi umidi mentre scendeva dal letto e lo abbracciò forte e lo baciò, "ovunque tu vai, sarò nel tuo cuore. E sai una cosa? Qualunque sia l'esito della guerra, tu ed io ci ritroveremo da qualche parte perché ci amiamo, — acconsentì a quelle parole malinconiche, nel momento in cui le diede l'ultimo bacio. In sottofondo si sentiva "King, è ora, ci stanno aspettando". Susy non voleva lasciarsi andare, ma doveva farlo.

— Kery , ti amo, ti amo, ti amo — disse, allungando quella parola che tanto aveva odiato, e ora era parte di lei. Le loro mani si intrecciarono per l'ultima volta, e poi in lontananza si staccarono per perdersi finalmente alla fine del corridoio che conduceva alle navi che li aspettavano fuori. Susy cadde in ginocchio in mezzo alla sala. Non voleva lasciare il palazzo, dove c'erano alcuni servitori in fondo al corridoio che lo avrebbero assistito. —Kery , non andare... —disse un paio di volte mentre piangeva inconsolabilmente sul pavimento simile al marmo e le sue lacrime cadevano in piccole docce che formavano piccoli stagni... — .

"Almeno rimarrai" sussurrò, toccandosi la pancia. Sapeva o intuiva che l'atto d'amore che aveva consumato la sera prima sarebbe stato l'inizio del frutto del suo amore, indipendentemente dal fatto che Kery fosse tornata o meno. Dentro di lei aveva già un motore per continuare a vivere: suo figlio, il figlio dell'omino delle stelle.

Kery contro Karl

Dalla sua stanza, Evans guardò le stelle, desiderando che la sua amata tornasse, anche se in fondo, realisticamente, si aspettava lo scenario peggiore. Erano già passate ore da quando Kery aveva lasciato il pianeta e si era incontrato con il grosso dell'esercito che lo avrebbe aspettato più tardi dirigendosi verso il pianeta Baryus , che secondo quanto gli aveva detto la sua amata, era colossale come 10 terre - .

Tempo dopo

—Mio re, ora abbiamo inviato una dichiarazione di guerra a Baryus , sicuramente l'hanno già ricevuta e da un momento all'altro il loro nemico apparirà sullo schermo —disse uno dei comandanti in un'enorme nave dove Kery era completamente vestito di guerra nere, simili a quelle del re scorpione. Il suo sguardo fisso su uno schermo attendeva l'immagine di Karl. Ben presto fu presente, con stupore di tutti, abbozzando un sorriso malevolo. Anche il suo viso era bello, ma con un tocco diverso dove la malizia e l'orgoglio lo illuminavano.

"Pensavo fossi morto " , ha detto con voce ferma, " dovresti essere in lutto dopo il fatto che a causa tua ho dovuto distruggere più di 40 mondi " , ha aggiunto.

—Lo pagherai presto, Karl, il tuo tradimento non ha limite in questo modo... —non finì di dire che quando la sagoma di Asualy e un gruppo di suoi subordinati apparvero dietro Karl, —non stupirti mio caro Kery disse ad alta voce, vantandosi.

— Kery non avrebbe mai immaginato una scena così particolare. Anche se, a questo punto, potrebbe succedere di tutto. — come è possibile? - sussurrò, poi urlò furiosamente - Asualy , l'avrei creduto da chiunque... - ma pronunciò poche parole di scherno consumate nel proprio odio - questo non è il momento per i sentimentalismi, Vostra

Maestà, avete perso la nostra lealtà quando avete preferito... gli umani a noi, quindi... - basta teatro la interruppe Karl. — Mi informano che un grande esercito sta arrivando a Baryus , ma sarò onesto con te, piccola Kery . Pensavo di non farti entrare nel pianeta, ma siccome vedo che non sei un rivale, ti permetterò di entrare, e non solo, ti aspetterò sulla montagna delle battaglie, sai dove. Sarà la tua ultima volta, però, e grazie per avermi risparmiato la fatica di trovarti. - sentenziò mentre l'immagine si sfocava e si rompeva da quella parte.

"Lambro! Ai suoi ordini, signore - rispose eccitato il comandante - entrerò con quasi tutto l'esercito verso la montagna delle battaglie, il luogo dove si sono combattute centinaia di guerre. Ci sarà la battaglia, rimarrai, sai perché — ordinò. Lamber annuì. Era il comandante supremo di Kery , l'unico del suo esercito di riserva che gli era stato fedele. Nonostante all'inizio volesse che Kery rinunciasse al piano perché rischioso, alla fine ha accettato e lo ha lasciato continuare.

Ore dopo Kery e il suo esercito arrivarono sul campo di battaglia. Un immenso luogo di confronto, dove si fronteggiavano entrambi gli eserciti che avrebbero facilmente superato il milione. Karl sapeva che sarebbe stata una guerra convenzionale e l'ha pianificata in questo modo fin dall'inizio . Di fronte aveva il legittimo re Barius e gli mancava solo quello; Eliminalo per non preoccuparti di un'insurrezione in futuro. Kery , davanti ai suoi uomini, si avvicinò a Karl sfidandolo a duello, Karl aveva al massimo 15 anni più di lui, e lo rifiutò perché lo conosceva molto bene, sapeva che era un prodigio in combattimento, e lui non era neanche stupido, non avrebbe rischiato prima di essere umiliato davanti al suo esercito. Dopo di che Kery ha urlato a squarciagola:

"Dai Carlo!" mostra all'esercito di mio padre che sei un re degno di guidarli. Loro sanno che io sono il legittimo re dei Baryu , ma tu hai osato uccidere mio padre, hai osato prendere il posto che non ti corrisponde, ma non importa... ora l'importante è fartela pagare per il sangue che ti porti dietro le spalle, dai!! combatti con me, perché altrimenti i tuoi uomini vedranno quanto è codardo il loro nuovo capo .

Karl non poteva permettere al suo esercito di dubitare di lui e di rivoltarsi contro di lui, quindi decretò un cambio di regola di emergenza, ordinò a tutte le navi di entrare per distruggere l'esercito dell'alleanza con il fuoco, un'azione che Kery sapeva che avrebbe potuto verificarsi, prevedeva quando accettò i termini per loro di avere una guerra d'onore. Ma sapeva che non ci si poteva fidare di Karl, quindi ordinò alle sue navi di entrare con i localizzatori anche se non avrebbero potuto competere con quelle di Baryus .

La guerra è durata ore, è stata così brutale e sanguinosa che la parte meridionale del pianeta ha tremato. Prima di morire, Kery fece onore al suo nome e giustiziò Asualy tagliandola a metà più alcuni che osarono tradirlo, anche se arrivò solo fino a quando fu abbattuto da alcuni attacchi delle barchette che volavano veloci sopra il lato di un'ala del suo esercito. Fu lasciato disteso a terra dove migliaia di corpi smembrati lo circondarono. Stava morendo, l'aria gli agitava i capelli castani. Sapeva che gli era rimasto poco, nei suoi pensieri la sua amata Susy e in fondo, aveva fiducia che potessero incontrarsi di nuovo in un paradiso come nel suo mondo gli avevano insegnato fin da bambino. Che quando la vita finiva nel mondo fisico poi germogliava in un altro, e lì tutto era felicità. A dire il vero, era in qualche modo parallelo a ciò che insegnavano le religioni sulla terra. Chissà avevano ragione su qualcosa, forse dopo la loro morte c'era qualcos'altro o forse erano semplici supposizioni di tutte le civiltà dell'universo. Almeno, un piccolo sorriso svanì sul suo volto, perché sapeva che in quel momento una nave trasportava una bomba simile a quelle usate da Karl quando distrusse tutti quei mondi e si stava dirigendo verso Baryus a una velocità incredibile . In cima a una collina Karl rise della schiacciante vittoria. Intorno a lui c'erano generali che osservavano come venivano uccisi coloro che erano ancora vivi a terra e altri che si rifiutavano di arrendersi.

"Quanto ci vorrà soldato per arrivare?" — chiese il comandante Lamber, fedele all'ordine che il suo re gli aveva dato. Sebbene fosse triste, sapeva che era questione di secondi per vendicare la morte del suo amico e quella di centinaia di mondi crudelmente annientati dal tiranno.

"Tra trentacinque secondi, signore, nulla sarà vivo per più di 25 chilometri intorno", ha risposto, davanti a un tabellone che indicava le posizioni del pianeta Baryus e dei suoi cinque satelliti in orbita irregolare. L'Armageddon in quel mondo ebbe inizio.

" Susy, " mormorò Kery , " mia amata Susy, tutti questi moriranno e tu sarai la regina insieme a..."

Prima di finire il suo pensiero, i suoi allievi rifletterono la colossale bomba diretta verso di lui che aveva il dispositivo di localizzazione precedentemente posizionato sulla sua armatura. Uno sguardo stordito di stupore fu l'ultima cosa che fu vista dal tiranno Karl e da tutto il suo esercito circostante. È stato spazzato via da una colossale esplosione termonucleare nella parte meridionale del pianeta, nulla è rimasto vivo per miglia, che ha persino scosso il gigantesco pianeta Baryu . Kery sapeva benissimo quale bomba avrebbero fatto esplodere perché non voleva nemmeno uccidere la sua razza in un'apocalisse. Sapeva in anticipo che la bomba non avrebbe influenzato il tempo, tranne che per pochi mesi sul lato meridionale del pianeta, che alla fine sarebbe tornato alla normalità.

Un nuovo inizio

Fedele alla sua parola, Susy Evans ha espresso nel suo cuore. Kery è ancora vivo come quindici lune fa. Frutto del suo amore, Kian, il futuro re, gioca nel palazzo originale dove è cresciuto suo padre Kery . Quando le schiere di Karl furono sconfitte, un esercito guidato dal fedele comandante Lamber entrò a Baryus e annientò i pochi alleati rimasti di Karl e stabilì un governo nobile come il suo re Kery desiderava sempre guidare . E fedele all'ordine che gli fu dato; ha messo Susy Evans come regina co-reggente fino a quando suo figlio è cresciuto ed è stato messo al potere all'età di 17 anni. Ora suo figlio è cresciuto proprio come suo padre è stato creato dalla sua madre umana insegnandogli a rispettare la vita in generale. E che nessuno è migliore per essere più potente degli altri - .

L'amore a volte cambia il nostro intero universo, a volte crediamo di poter sfuggire alle sue grinfie, e proprio come credeva Susy Evans, alla fine ha finito per amare come non avrebbe mai immaginato.

Alla fine fedele alla legge del cosmo, il tempo passò e Susy Evans morì felice di aver visto suo figlio diventare nobile come l'amore della sua vita. La sua amata Kery con lui che sicuramente si sarebbe presto riunita, non importa dove fosse, lì alla fine avrebbero aspettato la sua amata Kiam che avrebbe rispettato tutte le leggi della vita: nascere, vivere, morire e rinascere.

Romanzo sintetizzato.

www.ingramcontent.com/pod-product-compliance
Lightning Source LLC
Chambersburg PA
CBHW052220150726
48002CB00003B/1207